Vampirjäger-Vademecum

Wider die mordenden Bestien

Ulisses Spiele

Impressum

Verlagsleitung
Thomas Michalski

Redaktion
Johannes Kaub, Anton Weste

Autor:innen
Julian Härtl, Christian Nehling

Lektorat & Korrektorat
Alia Emma Mährle

Künstlerische Leitung
Nele Klumpe

Coverbild
Nadine Schäkel

Satz, Layout & Gestaltung
Jessica Dillmann

Layoutdesign
Thomas Michalski, Nadine Schäkel, Patrick Soeder

Innenillustrationen
Katharina Niko, Ann-Marie Rechter

Ulisses Spiele
Zoe Adamietz, Philipp Baas, Mirko Bader, Myriel Balzer, Steffen Brand, Bill Bridges, Leamon Crafton, Carlos Diaz, Jessica Dillmann, Cora Elsässer, Frauke Forster, Daniel Friedrich, Christof Grobelski, Nikolai Hoch, David Hofmann, Jörg Holder, Jan Hulverscheidt, Philipp Jerulank, Matthias Kalupner, Johannes Kaub, Nele Klumpe, Christian Lonsing, Matthias Lück, Thomas Michalski, Carolina Möbis, Janine Modler, Vincent Modler, Carsten Moos, Felix Pietsch, Markus Plötz, Brian Reeves, Annika Richter, Nadine Schäkel, Maik Schmidt, Ulrich-Alexander Schmidt, Leon Schuster, Alex Spohr, Viktoria Umbach, Hannah van den Höövel, Jan Wagner, Anton Weste, Christopher Weule

Aventurien ist ein Kontinent der Vielfalt, in dem sowohl Männer, Frauen als auch alle anderen Geschlechter Teil des Alltags sind. Damit unsere Texte flüssig zu lesen sind, schreiben wir in der Regel im generischen Maskulinum und verwenden durchgehend die Wörter „Meisterin" für die Spielleitung und „Spieler", „Helden", „Abenteurer" u. ä. für die Spielerschaft. Mit allen Begriffen sind immer alle Geschlechter gemeint. In Fällen, in denen das Geschlecht entscheidend ist, wird dies im Text gesondert ausformuliert.

Ulisses Medien & Spiel Distribution GmbH, Industriestraße 11, 65529 Waldems / Steinfischbach
www.ulisses-spiele.de

2. Auflage

Printed in EU 2025

Vampirjäger-Vademecum

Wider die Mordenden Bestien

Eine aventurische Spielhilfe zur Jagd auf götterverfluchte Blutsauger

von Julian Härtl und Christian Nehling

Mit Dank an Franz Berwein, Sebastian Kreppel, Julian Marioulas und Marie Wittek.

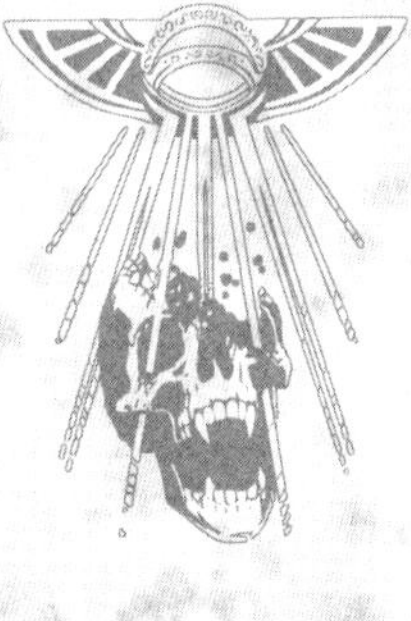

Inhalt

Vorwort

Wie erkennt man einen Vampir? Was brauche ich, um ihn zu töten? Existieren verschiedene Arten der Blutsauger? Was gibt es über Werwölfe zu wissen? Ist es möglich, dass Achaz an der Lykanthropie erkranken? Das vorliegende Vademecum soll interessierten Spielern und Spielleiterinnen einen Eindruck vermitteln, welche Kenntnisse für diejenigen zur Verfügung stehen, die sich auf die Jagd nach Vampiren und Werwesen begeben. Dabei sind die hier gesammelten Texte mit etwas Vorsicht zu genießen. Standardwerke zu diesen Themen fehlen fast vollkommen in den Bibliotheken und privaten Sammlungen Aventuriens. Aus diesem Grund haben die meisten Normalalriks kaum Zugriff auf derartiges Wissen. Sogar die ausgewiesenen Experten müssen sich ihre Inhalte mühsam in Feldversuchen erschließen, und selbst bei Fachleuten schleichen sich falsche Annahmen und Halbwahrheiten in die Notizen ein. Diese beruhen teilweise auf Aberglauben, Arroganz oder irrigen Angaben von Dritten. Folglich kann es vorkommen, dass sich die Regeln von **Das Schwarze Auge** stellenweise nicht mit den Aussagen unserer aventurischen Autoren decken. Das ist durchaus beabsichtigt, denn so werden die schrecklichen Kreaturen der Nacht nicht gänzlich für den kundigen Aventurier und den Spieltisch entmystifiziert. Wir hoffen aber, dass dieses Buch trotzdem eine Quelle der Inspiration ist. Daher bleibt uns nur noch übrig, dir viel Vergnügen und eine erfolgreiche Jagd zu wünschen!

Christian Nehling und Julian Härtl,
Mainz und Schweinfurt, im Frost des Dezembers 2024

Zukünftigen Jägern zum Geleit

Mit diesem Büchlein bespiegeln wir die Kreaturen der Nacht, da es hierzu nur vereinzelt Literatur und in der Welt mehr Halbwissen als Fakten gibt. Ob dich eine göttergefällige Initiative oder das wissenschaftliche Interesse auf die Fährte von Vampiren und Werwölfen leitet: Den meisten fehlen die Lichtkugeln, das Anwenden von Silberklingen und Einschlagen der Holzpflöcke, die einem Ermittler in Fleisch und Blut übergehen müssen. Ansonsten droht jedem der rasche Tod, denn genau jenen Lebenssaft wollen uns die Räuber aussaugen und die Bestien den Leib zerreißen.
Also haben ein getreuer Mitstreiter und ich das Wissen zu Blutsaugern und Lykanthropen in den letzten Monden gesammelt und aufbereitet. Es stammt aus allerlei Regionen, enthält Erfahrungsberichte aus nah und fern sowie das wenige, welches uns die Bücher überliefern.
Mein Name ist **Aimorea Pervigilius** und ich bin eine Magierin aus der Herzogenstadt Paavi. Dort studierte ich die Zauberkünste bei Magistra Sylphoria. Sie legte mir neben der Elementarmagie die Alchimie, Pflanzenkunde und deren Analyse ans Herz. Vor vielen Götterläufen hat mich schlichtweg ein fremder Kämpe gefragt, ob ich Erkrankte untersuchen und Wunden von Getöteten begutachten würde. Bei all diesen Dingen ging es retrospektiv immer um die Frage: War es ein Vampir oder Werwolf? So wurde ich zur Jägerin. Du siehst also – die Arbeit der Anatomie, Heilkunde, aber auch das Brauen von Tränken und hilfreiche Zaubersprüche liegen bei mir.

Dieser oben erwähnte Kämpe ist der Zweite in unserem Gespann. Ich stelle euch hiermit den bornländischen Klingenträger **Arvid von Hellsingen** vor, in dessen Familie die professionelle Jagd auf Blutsauger und andere Ungeheuer mittlerweile Tradition ist. Wie bereits bei seinem Vater zeichnet sich seine Arbeit durch einen kühlen Kopf und bodenständige Herangehensweise aus. Den Kirchen der Zwölfgötter steht er besonders nahe, strebt er doch selbst die minderen Weihen des Akoluthentums im Kult des Götterfürsten an. Seine Fachgebiete sind insbesondere praktischer Natur: Vor allem auf die passende Ausrüstung zur Jagd hat er sich spezialisiert. Wir beide hoffen, dass dir unser Werk tiefere Einblicke zu den Geschöpfen der Nacht bietet. Hast du von den finsteren Geschichten noch nicht genug, kannst du uns immer wieder in Paavi treffen, wo wir auch einige magische Zöglinge unterrichten.

Sei einfallsreich, mutig, aber unbedingt erfolgreich!

Arvid von Hellsingen und Aimorea Pervigilius,
gegeben im TSA 1048 BF,
während der frühen Morgenstunden, beim Anstoßen auf einen erfolgreichen Auftrag

Hier magst du von eigener Hand ergänzen

I

Von Blutsaugern und Lykanthropen

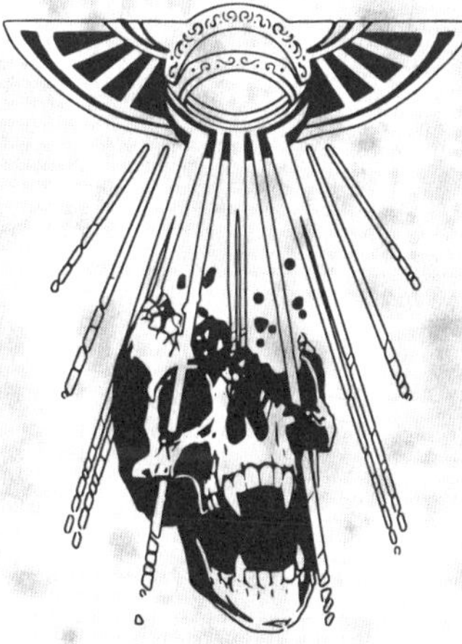

Der Vampir

»Zwei Stunden nach Mitternacht klopfte es. Arnbold, der Stadtwächter, war bleich im Gesicht und kalter Schweiß rann von seiner Stirn. ›Kommt schnell, ein Verletzter unter der Brücke!‹ Übermüdet nahm ich den Wintermantel, die Ledertasche und zog die Kapuze zurecht. Der Wind war eisig und dichte Nebelschwaden waberten in der Dunkelheit umher. Selbst das Licht der Laterne musste sich heute dem Wetter geschlagen geben. Endlich angekommen. Der Körper, männlich, lag zusammengesackt auf der Seite. Leblos. ›Wahrscheinlich überrascht worden‹, murmelte ich und fasste zusammen: Augen weit aufgerissen; Haut extrem fahl. Laut seiner Temperatur kürzlich gestorben. Die Totenflecken waren schon da, deutlich stärker als gedacht. Aber irgendwas stimmte nicht. Das hieß, ihn genauer abzusuchen.

Am rechten Hals verbargen sich zwei Einstiche und kleine Blutreste. Der Körper hatte - wie sich nachträglich herausstellte - einiges an Lebenssaft verloren. Erst zu Hause schüttelte es mich blitzartig und ich verglich die Symptome mit den Angaben aus dem vergilbten Monsterbuch eines Zwergs. Gerade korrigiere ich den Befund und schreibe zittrig ein Ausrufezeichen hinter den Worten Bisswunde, Verdacht auf Blutsauger …«

—Erinnerungen der Medica Yasmara Reschgin, Riva, 1038 BF

Es existieren unzählige Monstren, Ungeheuer und Wesen in den Bestiaria, welche uns Sterbliche als Beute und Fraß betrachten. Kaum eins ist so alt, perfide und effizient wie der

Vampir. Etymologisch gibt es unter den Sprachgelehrten einige Theorien, die diesen Begriff näher definieren und doch vermögen sie es nicht, das Wesen rundum zu schildern. In sinistren Märchen aus dem Svellt- und Bornland gehen je nach Version ein Mann respektive eine Frau den Bund (regional bornische Mundart: „pir") mit einer verdammten Sippe ein. Früher fauchte man jenes disqualifizierende Wort und spie es als Ausdruck des Missfallens aus. So wurde die Familie in den Ohren des Zuhörers zur „Vamilie", was verkürzt und verbunden zum bekannten Namen des Blutsaugers führt.
Dies ist ein erstes Indiz für eine Art von Fluch und das mögliche Unheil, das dem Unvorsichtigen droht, sofern er den engeren Kontakt sucht. Ferner deutet sich an, dass etwas Abgründiges im Blut liegt und sogar Generationen überdauern kann. Spricht man die Gelehrten aus südlichen Gefilden auf dieses Thema an, erwähnen diese tulamidische Ausdrücke. Die Worte *Kêvât* und *Pirât* fallen dabei besonders häufig und stehen jeweils für die Vokabeln „Innereien" sowie „Räuber". Zusammen und verkürzt ergibt beides den Vampir, beschreibt aber gleichzeitig dessen Eigenarten genauer. Sprachlich wird die Kreatur damit als Raubtier oder -wesen konkretisiert, was es auf das Innere seiner Opfer abgesehen hat.

»Vampire sind die Sendboten des Namenlosen, welche die eigene Seele verloren haben. Deswegen beißen sie ihre sterblichen Opfer in den Hals und saugen ihnen den Lebenssaft heraus. Nur dadurch sind sie in der Lage, das Unleben fortzuführen. Nahezu immer wurden sie von einem Gott aus Alveran für den Frevel

ihrer Existenz bestraft. Dies ist der Grund, warum viele von ihnen das praiosgefällige Sonnenlicht, das Weihwasser Efferds oder den Knoblauch der Peraine meiden …«
—Auszug aus dem Groszen Aventurischen Almanach, Weidener Ausgabe des Jahres 999 BF

Über die ersten Exemplare der Blutsauger ranken sich nur Legenden. In einigen Schriften tragen sie den Titel Erzvampire, da sie extrem mächtig und kaum zu besiegen sind. Angeblich sollen jene bereitwillig vom Blut des Dreizehnten gekostet haben und zum Teil noch immer verborgen unter uns hausen. Diese rühmliche Anrede wird genauso bei besonders alten und bewanderten Ungeheuern verwendet, was die Schilderung stark verwässert. In Weiden kennt man noch heute den Namen Walmir von Riebeshoff, auch als Erzvampir und Schrecken der Acheburg bekannt. Fest steht, dass die bösartigen Kreaturen die Lebensessenz der Sterblichen in regelmäßigen Abständen als Speise brauchen, um ihr Dasein zu bewahren.
Dieser Funke des Lebens ist beispielsweise im Blut von Elfen, Zwergen und Menschen enthalten, wogegen Tiere den inneren Durst nicht beziehungsweise nur kurz stillen. Dies haben meine Versuche mit einem gefangenen Ungetüm aus dem Volk der Nivesen gezeigt. Vermutlich entscheidet der Räuber selbst, ob er wenig oder mehr Nahrung braucht – abhängig vom Geschmack und dem Zeitpunkt seiner letzten Speise. Verhungert das Geschöpf, verkümmert es regelrecht und verliert einiges seiner Macht.

»Der Vampirismus raubte mir alles, was mich einst erfreute: von der Sonne verflucht und weder ein tsagefälliges Leben, noch ein borongefälliger Tod. Selbst der Appetit und der übliche Durst bleiben aus und weichen nur der unendlichen Gier nach Blut.«
—letzte Nachricht eines reumütigen Blutsaugers, Paavi, neuere Zeit

Weiterhin ist sicher, dass es unterschiedliche Arten von Vampiren gibt. Mit dem landläufigen Begriff meinen die meisten den typischen Gesandten des Rattenkindes, der den Tag scheut und in der Dunkelheit auf die Jagd geht. All jene besitzen mindestens eine Schwäche, die Verfolger für sich nutzen können: Auf ihnen liegt der Fluch eines Gottes. Häufig, aber längst nicht immer, scheuen sie das Licht der Praiosscheibe. Andere reagieren empfindlich auf wohlgefällige Pflanzen und Gegenstände von beispielsweise Rahja und Peraine, also Rosen oder Knoblauch. Die Schwierigkeit besteht somit darin, die genaue Schwäche innerhalb kürzester Zeit herauszufinden, ohne das nächste Opfer zu werden.
Außerdem kursieren Theorien über Personen, die solche Kreaturen der Nacht erschaffen könnten. Freilich vermutet man dies bei den Jüngern des Namenlosen. Verdächtig sollen dazu die Anhänger Tairachs und Priester der Marbo sein, da ihre Gottheiten dem Tod nahestehen. Fast alles ist den Paktierern von Dämonen und Kultisten längst vergessener Mächte zuzutrauen, glaubt das Volk. Tatsächlich sind die Gedanken keineswegs abwegig.

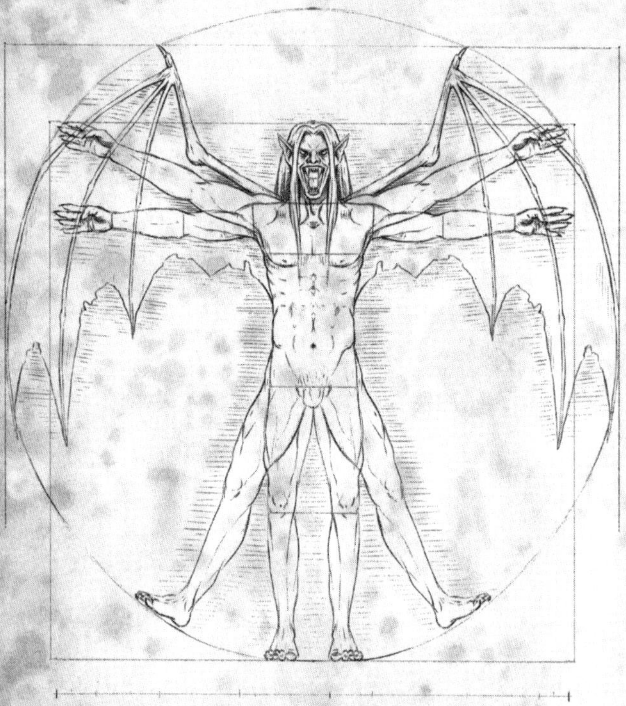

Früher gab es die Schattenlande, zu denen das Moghulat Oron im heutigen Aranien gehörte. Dort musste nicht nur jeder die Gegenspielerin Rahjas anbeten, sondern sich vor besonderen Scheusalen hüten: die Lamijanim. Hierbei handelt es sich um eine spezielle Art von Vampiren, die auf die Erzdämonin Belkelel beziehungsweise die sechsgehörnte Shaz-Man-Yat zurückgehen. Sie sind wie die üblichen Blutsauger auf fremde Lebensessenz angewiesen. Diese entziehen sie ihren Opfern sehr oft durch den Beischlaf, wobei sie den Blutdurst ebenfalls kennen.

»Die unheimlichen Verführerinnen rauben ihrer Beute, mitnichten Partner, die Lebenskraft, was sie als gegenseitige Ekstase tarnen. Spionageberichte erwähnen einen speziellen Kuss von Vampiren, die ihre Seele Der-Einen-und-Einzigen verkauft haben sollen. Eine Nacht mit einer oder einem Lamijah gleicht keiner Liebkosung, sondern purer Gewalt. Ist es Zufall, dass der Kuss der Shaz-Man-Yat diese Bestien erschafft, wo diese Dämonin dem Güldenen so nahesteht und auch noch über einen Tag der Sternenleere gebietet? … «
—Niederschrift einer Predigt des Rosentempels, Zorgan, 1025 BF

Wie lässt sich die Präsenz der Vampire einordnen? Aus der Geschichte der Nekromantie ist seit extrem langer Zeit das Erheben von Untoten in den Tulamidenlanden und dem Bosparanischen Reich geläufig. Dabei wird der zuvor lebende, nun tote Leib durch Zauberei zum Dienen erhoben. Es gibt überall Fabeln und Berichte von Mumien, Zombies und Skeletten, welche wir unter anderem dieser Gruppe zuordnen. Analog verlaufen die Phasen beim Blutsauger. Nach dem letzten

Atemzug wandelt sich der Körper durch die Sternenkraft und erhält darüber hinaus ungeheuerliche Fähigkeiten. Die vorhandene Magie ist vielfach dokumentiert und meist sogar ein Ansatz der Vampirjagd, denn ein umher wandelndes Exemplar lässt sich mittels der Sprüche aus dem Gebiet der Hellsicht eindeutig nachweisen.
Allerdings muss ich auch auf die Unterschiede hinweisen. Keinesfalls zerfallen die Lebensräuber wie die üblichen Zombies von allein, sodass man ihnen den Status bald ansehen könnte. Geweihte Gegenstände von Boron und Marbo wirken bei den Bluttrinkern nur, wenn es sich um ihre explizite Schwäche handelt. Ergo liegt die *Conclusio* nah: Vampire sind similäre beziehungsweise atypische Untote.

Für den Räuber ist es besonders relevant, möglichst unerkannt zu bleiben. Dabei bevorzugt er eine gewisse räumliche Nähe zu Menschen, achtet jedoch trotzdem darauf, sich von anderen abzuschotten. Erfahrene Exemplare gehen vordergründig allerlei Tätigkeiten nach, mögen aber zuweilen das Gefühl von Prestige und Bewunderung, was ihrer Eitelkeit schmeichelt. Aufgrund des längeren Lebens geben sie sich mitunter als Adelige, Gelehrte, Künstler oder Lehrmeister im Kampf aus. Manchmal ziehen sich die Betrüger auch als Heiler an den Rand eines Dorfes zurück, da es den Zugang zu frischem Blut ebnet. Werden sie entdeckt, gilt es, zügig zu flüchten und sich eine neue Tarnung zuzulegen. Dies bedeutet immer einen größeren Aufwand für das Ungeheuer, weshalb es seine Opfer vorher auswählt und genauer beobachtet, sofern ausreichend Zeit bleibt.

»Das soll ein Blutsauger gewesen sein? Hier ist das Blut überall verschmiert und die Einstiche am Hals sind total versetzt. Nein, hier versucht jemand Schlaues, uns an der Nase herumzuführen …«
—Hauptfrau Pawla zu einer Stadtwache, Lettjaskaja, 1046 BF

Vor allem sind Lebewesen als Nahrungsquelle interessant, die man leicht beiseiteschaffen kann und später nicht vermisst werden. Geschickte Blutjäger locken ihre Beute aus diesem Grund gern zu einsamen Orten. Hierbei kommen stellenweise falsche Schatzkarten und erfundene Forschungsreisen zum Einsatz. Ironischerweise gibt es sogar verfluchte Wesen, die sich selbst als Vampirjäger ausgeben. Mit ihrem Spezialwissen zu den Kreaturen schaffen sie es leicht, die Menschen in ihrer Umgebung zu blenden.

Das Werwesen

»Beim Werwolfe oder gemeingültiger Werwesen handelt es sich um Menschen, die sich die Krankheit Lykanthropie eingefangen haben. Unter hellem Mondenlicht sowie zuweilen in Bedrängnis nehmen sie eine tierische Form an: meist Wolf, sonst Bär, Raubkatze, Eber und andere. Dann lohnt es nicht, an Klugheit und Verstand zu appellieren, denn die Verwandelten sind höchst aggressiv und blutrünstig. Ein wirksames Mittel zur Verteidigung sind silberne Waffen, Kerzenleuchter und weitere passende Gegenstände.«
—Definition aus dem „Monsterhandbuch“, Puniner Druckausgabe, 979 BF

Du wunderst dich vielleicht über den Titel, aber es handelt sich hier um die Bezeichnung einer systematischen Obergruppe. Sehr häufig ist die Existenz von sogenannten Werwölfen bekannt, allerdings gibt es weitere Geschöpfe dieser Art. Sprachlich hat sich die Komposition aus zwei Wörtern entwickelt, behaupten die Kundigen. Die Silbe „Wer-“ entstammt dem üblichen Garethi aus dem Verbum „werden“, was man für die Zukunft und das Kommende nutzt. Der Wolf wiederum hat seinen Ursprung wahrscheinlich im Hjaldingschen, was einerseits mit Reißen und Rauben, aber auch mit Stärke und Abschrecken assoziiert ist. Noch heute finden wir den Namensteil „Wulf“ in diversen Kulturen von Thorwal, über den Norden, die Streitenden Königreiche bis ins Mittelreich.

»Und es ward die Daimonin Kyrjaka oder Madayraëel, welche die Seuche der bösartigen Menschwölfe und Wolfsmenschen in die Welt brachte. Zukünftigen Dienern soll sie das eigene und niederhöllisch verpestete Blut anbieten, auf dass ihre Jünger stärkere Kräfte erhalten. Doch wer mit der Fünfgehörnten im Bunde ist, wird gleichzeitig zum Überträger der Plage, die unter Gelehrten Lykanthropie heißt. Hierzu gibt es nur wenige Therapien wie den Roten Drachenschlund. Eine sehr gute Illustration des Gewächses findet ihr im neuen Werk namens Eynmaleyns der Kreutherkunde …«
—gehört an der Halle des Lebens, Norburg, 1045 BF

Ein Synonym für Werwesen ist Lykanthrop, was sich aus dem Altgüldenländischen ableitet. Im Aureliani stehen *lykos* für Wolf und *anthropos* für Mensch, sodass das Verschmelzen insgesamt Wolfsmensch bedeutet. Die Stämme der Nivesen nutzen dagegen den Ausdruck *Myrkkeijanuan*, welches die verzerrte Form der Wolfskinder (Nujuka: Nuan) ist und grob übersetzt „falsches-Raubtier-Wolfsmensch" heißt. Details zum Wandeln findest du in Kapitel V). Über die Ursache sprechen wir stattdessen hier. Im Bericht der Akademie sind schon der Name der siebtsphärischen Kyrjaka (Nujuka: verfluchte Schlaue) und Madayraëel (Zhayad: Überbringerin des Mondfluchs) gefallen. Sie kann Menschen mit der Krankheit Lykanthropie infizieren. Es handelt sich daher nahezu immer um ein astral dominiertes Leiden, was letztlich zur Mutation unter dem Madamal führt. Sind Sterbliche betroffen, entstehen Werwesen. Wenn Wölfe erkranken, werden sie zu sogenannten Bluttieren.

Legenden und Geschichten berichten auch über Flüche alter Gottheiten oder extrem mächtige Hexen, die andere verzaubern. Weiterhin erzählen Schriften zur Sternenkunde von der Nacht des blutenden Monds, die meist bei den Orks Bedeutung hat. Dabei handelt es sich um eine seltene Mondfinsternis, in der sich auch jemand infizieren kann, wenn er gerade am falschen Ort ist.

Nun stellt sich die Frage, zu welcher Kategorie von Geschöpfen die Mondreißer gehören. Unstreitig ist der astrale Ursprung der infizierenden Krankheit. Daher steht die Theorie im Raum, dass die Werkreaturen ebenfalls zu den magischen Wesen zählen. Vor allem die Zeit nach der ersten Verwandlung wirft Fragen auf. Ist das Mutieren abgeschlossen und anschließend noch ein Bezug zur Sternenkraft nachweisbar? Markant ist auf jeden Fall, dass ein Identifizieren mittels Hellsichtsmagie schwerer als beim Vampir ist. So gibt es Collegae, welche einem Werwolf oder Verwandten keine Zauberkraft zuordnen. Andere hingegen beharren auf verifizierbaren Fibrillen. Insofern vermuten wir, dass es entweder vom Sterblichen selbst beziehungsweise von der Kompetenz des Zaubernden abhängt.

II

Gestalten der Vampire und Werwesen

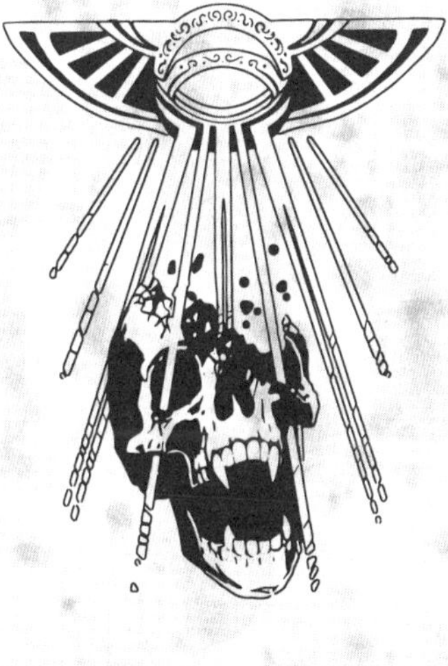

Der Vampir

Fast alle Blutsauger geben sich Mühe, von ihrer wahren Identität abzulenken. Ansonsten besteht schnell die Gefahr, dass Zauberer oder die Inquisition gerufen werden. Aus diesem Grund formulieren wir hier relevante Hinweise, wie man ihre Maske trotzdem durchschaut. Diese Kenntnisse sind für jeden Jäger der Kreaturen essenziell, denn du solltest wissen, wer dein Widersacher ist. Zuerst beginnen wir mit seinem Erscheinungsbild und körperlichen Merkmalen. Im ersten Kapitel hast du von der Nähe zu den Untoten erfahren. Das bedeutet, dass grundsätzlich jeder als ein Opfer der Nachtkreatur denkbar ist und nach einer Verwandlung seinen eigenen Leib behält. Die blutgierigen Ungeheuer können also alles sein: klein, groß, dick oder dünn.
Gleichwohl verleihen der Gott ohne Namen beziehungsweise die genannte Dämonin den Vampiren und Lamijanim spezielle Gaben, welche sich von einem Routinier wahrnehmen lassen. Schule daher deine Sinne, um die wichtigen Feinheiten zügig zu erkennen.

Häufig fällt uns an Lebensräubern eine gewisse Aura, ein Hauch des Besonderen, auf. Manche Exemplare wirken anziehend und schön, andere imponieren abseits des Aussehens durch ihre Präsenz und Souveränität. Auf den ersten Blick erscheinen sie offen und sicher, nur extrem selten ängstlich oder schüchtern. Viele reagieren am Anfang auf den direkten Augenkontakt, bevor sie ihm aus Höflichkeit ausweichen. Nimm dir auch Zeit, die Motorik der Mitmenschen sowie Verdächtigen näher zu beobachten. Zuweilen bewegen sich Blutsauger sehr grazil und elegant, fast einer Tänzerin gleich. Sicherlich würdest du diese Begriffe keinem Holzfäller zuordnen, aber diese dunkle Gabe vermag sich auch in Geschick und Präzision zu zeigen.

»Mein Herz blieb beinahe stehen, als er die Reisekutsche verließ. Mühelos rückte der Fremde seinen Hut zurecht, unter dem sorgsam zusammengebunden schwarze Haarsträhnen hervorlugten. Sein Gesicht war ebenmäßig und ausdrucksvoll, kein Khabla, wie man bei den Dienern der Rahja sagen würde. Auf der Stelle habe ich mich in sein Gebaren verliebt. Es war das eines Märchenprinzen, obwohl er ein bürgerlicher Forscher sein soll, wie man mir später sagte. O meine liebe Mascha, wenn du nur seinen Gang gesehen hättest, so kraftvoll und nobel. Ich werde ihn ansprechen und dir bald mehr berichten …«
—Tagebuch eines weiblichen Opfers, 18 Lenze, 2 Tage vor ihrem Tod, Festum, 1042 BF

Willst du eine suspekte Person testen, wirf ihm ganz plötzlich einen schweren Gegenstand zu. Ein Blutsauger hat sprichwörtlich außergewöhnliche Kräfte, sodass ihn körperliche Anstrengungen deutlich weniger belasten und leichter von der Hand gehen. Indizien lassen sich auch bei einem Wettlauf sowie einer Flucht sammeln, denn Vampire sind üblicherweise schneller als die normalen Menschen, Elfen oder Zwerge. Nicht nur eine Kreatur mit dem Körper eines Angroschim läuft seinem Volk zügig davon, sofern sie frei von Rüstung und Last ist. Einige Aufzeichnungen behaupten, dass die Ungeheuer immer die Geschwindigkeit einer Fledermaus erreichen, weil beide zu den liebsten Geschöpfen des Dreizehnten gehören.

»Wir hatten das Gebäude des Monstrums trotz des Regens und der fortgeschrittenen Dunkelheit umzingelt. So leicht wie beim letzten Mal entkam es diesmal nicht, machte ich mir Mut. Laternen standen auf dem Boden und leuchteten jeweils in Abständen Teile der Straße aus. Plötzlich sprang der Verdächtige aus dem zweiten Stock direkt vor die Füße der großen Söldnerin. Norhild wartete nicht lange und schlug mit einem ordentlichen Hieb auf den leicht kleineren Mann ein. Ich jubelte innerlich. Doch der Gegner fauchte nur kurz, bevor er fortrannte. Nicht einmal ein Tropfen Blut klebt an der Klinge der Kämpferin. Dieses Etwas muss wirklich mit den Dämonen im Bunde sein.«
—Protokoll eines Schreibers zu einer Verfolgung, Weiden, 1013 BF

Führst du dein Schwert gegen einen Vampir, musst du mit einem unsichtbaren Panzer rechnen, den es zu durchdringen gilt. Magische Bannschwerter erzielen ebenso wie ein geweihter Rondrakamm selten einen größeren Effekt, außer sie bedienen genau den passenden Fluch des Wesens. Hast du Gegenstände oder Waffen mit Götterkraft zur Hand, ist häufig die Kraft des Götterfürsten empfehlenswert, da viele Kreaturen der Nacht das Licht scheuen und für die Strafe des Herrn Praios empfänglich sind. Bei den Lamijanim brauchst du wiederum andere Ansätze, denn die Strahlen der Sonne machen ihnen nichts aus. Okkulte Schriften vermuten, dass ein Opferdolch von den Anhängern des Güldenen dagegen für alle sehr gefährlich sein soll. Bisher kön-

nen wir diese Behauptung mangels Erfahrung weder verneinen noch bestätigen.
Hast du einen blutsaugenden Kontrahenten mit einem heftigen Angriff verwundet, darfst du dir nicht zu sicher sein. Innerhalb kürzester Zeit kann man zusehen, wie sich die frisch geschlagenen Wunden wieder auf magische Weise schließen. Deshalb schlagen Vampirjäger meist mit mehreren Waffen gleichzeitig zu oder haben Freunde, die ebenfalls die Klinge gegen das Monstrum erheben. Nur durch einen sehr schweren beziehungsweise viele kleinere Schnitte, Stiche und Hiebe lässt sich diese Blitzheilung überwinden.
Auch wenn die *Magica controllaria* (Bosparano: Einflussmagie) bei deinen Mitmenschen verboten ist, trifft dies nicht auf alle Gegner zu. Götterlästerliche Bestien besitzen keine gleichwertigen Rechte, welche es zu schützen gilt. Sei dir aber gewiss, dass die Blutgierigen gegen das Anwenden von bestimmten Artefakten oder Zaubersprüchen gefeit sind. Besonders betroffen sind Formen, die sich auf den Geist der Unholde richten. Solcherlei Versuche verringern oft deine astralen Ressourcen, ohne eine große Wirkung zu entfalten. Auf Jagd sind daher meist andere Arten der Magie wie Kampfsprüche und elementare Zauberei hilfreicher.

Elfen und Zwergen sieht man ihr genaues Alter im Gegensatz zu uns Menschen kaum an. Ein Vampir hat nur noch das Unleben, weshalb sein Körper nicht altert. Einige Autoren mutmaßen, dass die finsteren Geschöpfe auf diese Weise die ewig junge Göttin Tsa verhöhnen wollen, wo sie sich doch zusätzlich an der Lebenskraft der Sterblichen laben. Diesen Umstand kannst

du dir zu Nutze machen. Befrage Nachbarn und umliegende Geschäfte, wie lange eine dubiose Person bereits vor Ort ist und ob sie sich in den letzten Jahren äußerlich verändert hat. Einige Kreaturen täuschen nach einer gewissen Zeit ihren Tod vor und geben sich als ähnlich aussehender Erbe aus. Handelt es sich um einen Adeligen, lässt sich über den Stammbaum gegebenenfalls mehr herausfinden.
Ein fahler Hautton gehört ebenfalls zu den typischen, aber unspezifischen Merkmalen. Im Norden ist die Blässe nahezu normal und vornehm. Trotzdem dient es möglicherweise als ein weiterer Mosaikstein, der das bisherige Bild vervollständigt. Wesentlich genauer ist, dass Vampire auf Wasser, Nahrung und Atemluft verzichten können. Daher findet man sie eher sporadisch in Gasthäusern, wenn sie auf Reisen unterkommen wollen. Berücksichtige an dieser Stelle auch, dass ein Blutsauger dir leicht über fließende Gewässer entkommt, weil er nicht ertrinkt. Nach einem Sprung ins tiefe Wasser hat er dich kurze Zeit später abgehängt.

Ein Spiegel ist nicht nur dafür da, um sich selbst zu bewundern. Das Kleinod ist auch auf der Suche nach Vampiren immens wertvoll, da sie im reflektierten Bild unsichtbar sind. Natürlich wirkt es recht auffällig, wenn du den Gegenstand zu offensichtlich einsetzt. Daher empfehle ich jedem Jäger, sich für den äußeren Schein eine gewisse Eitelkeit zuzulegen und regelmäßig selbst zu betrachten. Auf diese Weise kannst du dir Personen in deinem Rücken dezent ansehen und ihr Spiegelbild überprüfen. Die dämonischen Lamijanim bilden hier erneut eine Ausnahme und trotzen diesem Test.

»Und der Namenlose rühmte sich laut, der Herr der zwei Gesichter und der Irreführung zu sein, sodass es alle Götter und Wesen der siebten Sphäre hörten. Da wurde Amazeroth zornig, denn er ward der vielgestaltige Blender sowie Meister der Illusionen und Täuschungen gerufen. Also brütete er Tage und Nächte, wie er es dem Dreizehnten heimzahlen konnte. In dieser Zeit fertigte er allerlei Spiegel an und fand dabei die Lösung. Ein besonders strahlendes Exemplar zeigte nur noch das Abbild von Sterblichen mit einer Seele, weil sich bei ihnen das Verführen in die Niederhöllen lohnte. So musste der Gegenspieler der Hesinde dieses unbenutzte Wissen an die Menschen bringen. Etwas später hatte er bereits Erfolg, denn die eitlen Bewohner Deres tauschten die alte Art des Herstellens zügig gegen die neue und schönere aus. Seitdem haben wir andere Verfahren vergessen und die Blutsauger ihr Spiegelbild verloren. Hörst du genau hin, kannst du bisweilen ein leises und gehässiges Lachen des Erzdämons hören, wenn du einem Vampir den Spiegel vorhältst.«

—gehört von einem Studiosus der Heptagonakademie, Yol-Ghurmak, 1031 BF

Der übliche Lebensräuber hat noch einen weiteren Makel, denn der listenreiche Phex strafte die Geschöpfe des Gottes ohne Namen, indem er ihnen den Schatten stahl. Normalerweise beachtet man die dunkle Silhouette einer Person kaum, welche durch das Licht bei uns entsteht. Habe daher stets eine hilfreiche Laterne oder vergleichbare Lichtquelle bei dir, um diese Kontrolle durchzuführen. Die Lamijanim Araniens sind hier wie so häufig ein Sonderfall, bei ihnen bleibt jene Probe erfolglos, wobei manche sogar von zwei Schatten berichten.

Menschen sind bei einigen Dingen nicht so sensibel wie andere Wesen. Beispielsweise spüren wir die Blutgier der Vampire nicht und sie bereitet uns kein Unbehagen. Feinfühliger sind hingegen Haustiere, wozu meist Pferde, Hunde und Katzen zählen. Jene merken die Anwesenheit des Räubers deutlicher und reagieren, als wenn ein angriffslustiges Tier in der Nähe wäre. Wundere dich daher nicht, falls das Reittier vor einem Blutsauger scheut oder Begleiter mit Fell vor einem Verdächtigen türmen wollen. Bleibt ihnen die Flucht verwehrt, machen sie ihren Besitzer meist mit Jaulen und Winseln auf die Gefahr aufmerksam.

Vielen Vampiren sagt man eine nennenswerte Schönheit nach, die sie auch bisweilen nutzen, um andere zu verführen. Über das Liebesspiel vermögen sie sich keineswegs fortzupflanzen, denn es existiert kein Bericht zu einem Kind eines Blutsaugers. Da männliche und weibliche Exemplare einen unlebenden Körper haben, bleibt ihnen auch der Segen der Tsa verwehrt. Der Sprössling, wenn wir die theoretische Option durchdenken, würde dazu weder altern noch heranwachsen, weil sich der Leib nicht weiterentwickeln kann. Ihre Nachfahren erschaffen sie also über den Raub der Essenz.
Hierzu besitzen sie eine besondere Waffe, deren Abdruck du an ihren Opfern immer findest – die Eckzähne. Das scharfe Gebiss erlaubt ihnen erst, Körperstellen der Sterblichen mit wichtigen Gefäßen anzuzapfen und das Blut ihrer Beute zu stehlen. Auch wenn wir das Trinken bisher selten mit eigenen Augen gesehen haben, berichten die sprachfähigen Zeugen von deutlichen Beißern, die sich tief in das Fleisch schlagen. Daher ist es denkbar, dass Vampire ihre Fänge verlängern können, um darin schneller zu sein.

Sprechen wir nun über das Auftreten und die Spezifika, welche man den gierigen Kreaturen nachsagt oder zumindest unterstellt. Zu ihren Gefühlen und Emotionen gibt es kaum Beschreibungen und nur recht wenige Aussagen. Es muss sie jedoch einige Überwindung kosten, einen Menschen anzugreifen, seinen Lebenssaft zu trinken und ihn letztlich zu töten. Man kann daher davon ausgehen, dass Vampire mit der Zeit emotional abstumpfen. Liebe und Mitgefühl stehen vor allem dem stetigen Drang nach Nahrung entgegen. Möglicherweise entwickeln die Räuber zwar eine Art Sympathie, lassen sich aber weniger von ihren Empfindungen leiten, insbesondere auf der Jagd. Trotzdem ist festzustellen, dass manche von ihnen dünnhäutige Momente haben, sei es im Kampf und teilweise in der Gesellschaft. Dann kommt die Eitelkeit des Dreizehnten zum Vorschein und äußert sich oft in Rachedurst, Aggression oder Animositäten.

»Ein junger Kammerdiener nähert sich einem leicht älteren Mann mit edlen Gewandungen. ›Herr, warum ist euch die Dame mit dem Obstkorb plötzlich so wichtig?‹ Der Angesprochene verengt die Augen zu Schlitzen, legt die Stirn in Falten und öffnet den Mund, aus dem abrupt lange Eckzähne hervorragen. ›Wann war dein Debüt des ersten Blutes? Vor vier Monden? Es ist ihr Blick. Sie erinnert mich an jemandem aus meiner früheren Zeit.‹ Der andere entgegnet mit einem spöttischen Lächeln: ›Ich präzisiere – an das Leben‹. ›Genau das. Du wirst unsere abgesonderte Existenz auch irgendwann verdammen.‹«

—Szene aus dem Schauspiel „Der Vampir von Havena“, Honingen 1042 BF

Die Lebensräuber werden vielfach mit einem Sarg als Schlafstätte in Verbindung gebracht. Das mag daran liegen, dass sie hier die Sicherheit haben, dem Tageslicht zu entgehen. Richtig ist, dass viele die Totenkisten als unbeachtete Reisemöglichkeit nutzen. Kein Gläubiger der Zwölfe würde einen Sarg öffnen oder aus Gründen der Etikette genauere Nachfragen stellen. Als Vampirjäger musst du dich darauf gefasst machen, Recherchen gegen Widerstände durchzuführen.

Einige behaupten, dass Blutsauger ein Heim nur mit einer Einladung betreten können. Wir sehen diese These als unwahrscheinlich an, aber sie könnte für Exemplare mit einem Fluch der Göttin Travia zutreffen. Deshalb ist dies nicht völlig ausgeschlossen. Den Zugang zu schlafenden Opfern sollen sich die Verfluchten stattdessen durch Zaubertore verschaffen, so sagt man. Da laut der *Magica clarobservantia* (Bosparano: Hellsichtsmagie) nicht an jedem Wohnhaus ein Feentor liegt, gehören solcherlei Aussagen eher zu den Gerüchten. Denkbar ist allerdings, dass ein Vampir magische oder alchimistische Wege hat und nutzt. Hierzu zählt der Cantus TRANSVERSALIS, mit dem der Zauberer an einen bekannten und sichtbaren Ort gelangt. Weiterhin sind eine astrale Unsichtbarkeit wie der VISIBILI sowie ein entsprechendes Elixier möglich, auch wenn es hier höherer Erfahrung bedarf, um die eigene Kleidung mitverwandeln zu können.

Wahrscheinlicher ist dagegen, dass manche Blutsauger ihre Gestalt verformen. Verfolger berichten beispielsweise, dass der

Körper plötzlich in einer Nebelwand verschwand, welche sich weiterbewegte. Ebenfalls kennt man dunkle Märchen, in denen sich die Kreatur in viele Raben, Fledermäuse und Ratten transformiert. Achte als Jäger also auf deine Umgebung, denn du könntest beobachtet werden.

»Der Fensterladen wurde nachweislich zertrümmert, aber kein Nachbar will etwas gehört haben. Der gelehrte Herr Wendolyn bestätigt dies und gibt zweierlei Theorien an. Ad primo: Der Schaden wurde mit magischer Kraft verursacht, weshalb er schwerer zu hören war. Ad secundo: Ein Schweigezauber war die Lösung für den Einbrecher und Mörder, sodass eine gewisse Zeit kein Laut wahrnehmbar ist. Das würde auch erklären, warum niemand die Verwüstung im Inneren bemerkt hat …«
—Gespräch unter zwei Ermittlern, Stadt Andergast, 1039 BF

Manche schreiben den vampirischen Dienern des Namenlosen zu, Angst vor Flüssen zu haben, welche für sie nicht zu überqueren sind. Hier gilt es zu konkretisieren, da dies voraussichtlich auf efferdverfluchte Kreaturen zutrifft, aber keinesfalls auf alle Vampire. Schlussendlich nennt man die Blutsauger auch Fürsten der Nacht, da sie eine Vielzahl von Untergebenen haben sollen. Es heißt, Zombies, Mumien und vor allem Ghule folgen ihren Anweisungen. Hier habe ich berechtigte Zweifel. Gleichwohl ist es vorstellbar, dass einzelne Vampire die schwarze Kunst der Nekromantie beherrschen und sie gezielt einsetzen.

Das Werwesen

Lykanthropen vermögen sich noch leichter als Vampire unter den Menschen zu verbergen, da sie zwischen den Vollmondzeiten normal wirken. Äußerlich sollen die Erkrankten stärker behaart sein, was Beine, Rücken, Arme und das Gesicht betreffen. Diese Hinweise lassen sich jedoch nur sehr schwierig interpretieren, da Kleidung unsere Haut bedeckt, deine Nachbarn ebenfalls unterschiedliche Haarprachten tragen und du meist keinen direkten Vergleich zur früheren Existenz hast. Weiterhin ist vor allem die Ausprägung nach der Verwandlung interessant. Landläufig kennen wir fast nur den Wolf, jedoch gibt es genauso Berichte von selteneren Werbären, -ebern sowie -füchsen in nördlichen Gefilden. Im Süden existieren wiederum weitere Tierarten, in die sich Erkrankte verwandeln. Hier sind Werlöwen, -tiger und -jaguare überliefert. Letzteres deckt sich mit den Erzählungen zu Kyrjaka, die bei den Waldmenschen als weißer Panther umherschleicht und Anpa-Tonku heißt.

Daher fassen wir zusammen, dass das Wandeln in beide Seiten umkehrbar ist, wie man es von manchen Nivesen kennt. Die Werkreatur selbst ist deutlich muskulöser, kräftiger und zäher als das menschliche Pendant. In geringem Maß steigt auch die Körperlänge, wobei sich die Reißer auf zwei Beinen oft gebeugt fortbewegen. Deshalb ähnelt das wandelnde Monstrum einem Mischwesen aus Tier und Mensch, wenngleich das Animalische überwiegt. Das Triebhafte schlägt zuweilen auch außerhalb des vollen Madamals durch, denn die Betroffenen sind schnell reizbar, unbeherrscht und aggressiv.

»Der Werwolf, ebenso Mannwolf, Lykanthropus lupinotuum, kurz Lykanthrop genannt, weicht vom gemeinen Wolfe ab. Unterschiedliche Phaenotypika zeigen die Erkrankten nicht nur in der menschlichen, sondern auch in ihrer Wergestalt. Einige gleichen einem riesigen Raubtier auf zwei Beinen, während andere das Aussehen eines Menschen mit Klauen und Wolfskopf annehmen.«
—Auszug aus „Das Monsterhandbuch – Daimonia und Drachen für Fortgeschrittene", gedruckte Ausgabe 999 BF

Trotz der Differenzen lassen sich auch Gemeinsamkeiten zu den Blutsaugern finden. Die körperlichen Fähigkeiten verbessern sich immens, vor allem Stärke und Ausdauer. Zudem sind die Wesen deutlich schneller als ein normaler Mensch. Hunde, Katzen und andere Tiere scheinen einen Werwolf leichter wahrzunehmen. Daher fliehen sie, sobald sich die Gelegenheit ergibt. Während die Vampire meist eher etwas Elegantes an sich haben, erscheinen die Reißer auf den ersten Blick eckiger und behäbiger, obwohl sie pfeilschnell umschalten können. Wir wissen aus Hinterlassenschaften, dass sich ihre Sinne erweitern, was sowohl Augen, Nase und Ohren betrifft. Das Verstecken hilft dir also nicht, wenn dich der Geruch verrät. Natürlich kannst du als Jäger aber Hilfsmittel nutzen, um deine Fährte zu überdecken. Die Nacht macht dir meist mehr Probleme als der Werkreatur, da sie wie die Zwerge im Dunkeln sehen kann.
Schlägst du mit einem Streitkolben nach einem Werwolf, wird der Effekt geringer als üblich sein. Vermutlich hat das Monstrum einen neuen Schutz durch die Magie erhalten, ähnlich dem Vampir. Hinzu kommt wahrscheinlich eine weitere Komponente, wie man es von den Dämonen kennt. Waffen

nutzt ein Werwesen nicht, denn seine großen Pranken haben schon manchen Gegnern den Leib aufgerissen.
Übernatürliche Klingen, seien sie magisch oder geweiht, helfen dir kaum weiter. Stattdessen solltest du ein Schwert aus Mond-, Zwergen- oder purem Silber besitzen, um einem Werwolf gefährlich zu werden. Diese schmerzen den Ungeheuern mehr als gedacht, allerdings darfst du dich nicht nur darauf verlassen. Nach einem Treffer werden sich die geschlagenen Wunden zügig schließen, sodass man im Kampf dabei zuschauen kann.

»Das verwundete Bein meines Gefährten ließ uns im Wald übernachten. Ich schlief wie so häufig in einer Hängematte, die an starken Ästen hing. Man konnte bereits den nächsten Ort in der Ferne sehen, denn einige Lichter tanzten und ich nahm neugierig das Fernrohr heraus. Schlagartig blieben meine Augen an einer Gestalt hängen, die zunächst wie ein Schatten schien. Tatsächlich sah es wie ein Mensch aus, der sich überraschend hinkniete und in ein Biest verwandelte. Zuerst dachte ich an Wölfe, Nivesen und Nachtalben, aber das Untier witterte etwas und rannte plötzlich auf uns zu. Ich warnte noch meinen verletzten Freund und legte die Bogensehne ein. Im Schein des Lagerfeuers war es eindeutig – ein Werwolf. Der letzte Vollmond war erst zehn Tage her ...«
—Bericht einer Augenzeugin, Freiherrschaft Elvurund, neuere Zeit

Sobald die verwandelte Bestie einen Elfen, Zwergen oder Menschen in der Nähe wittert, wird sie diese nahezu immer angreifen. Das Ganze erscheint von außen wie eine Raserei, was sich mit der Wirkung eines Berserkerelixiers und dem Zauber KARNIFILO vergleichen lässt. Nach seinem Sieg frisst der Reißer das rohe Fleisch und trinkt das Blut seiner Opfer.

Hüte dich daher, wenn ein Werwesen in deiner Nähe ist. Dazu soll es mächtige Exemplare geben, die ihr Wandeln frei und unabhängig vom Mondzyklus bestimmen können. Dies ist zwar selten, bedeutet aber zugleich auch mehr Gefahr für einen Jäger.
Wurden du oder ein Freund vom Gegner erwischt, ist eine Infektion mit Lykanthropie immer möglich. Genau auf solche Situationen hat man dich vorbereitet und hoffentlich das Anwenden des Roten Drachenschlunds gelehrt. Beachte hierbei auch, dass einige Werke fälschlicherweise die Blüten als wirksame Pflanzenteile erwähnen. Auf die Blätter kann sich jeder dagegen stets verlassen.

Hier magst du von eigener Hand ergänzen

III

Kulturelle Unterschiede

»Während die Kaiser des Friedens regierten, herrschte auf dem Eilande Pailos im Meer der Sieben Winde der Fürst Rohafan. Sein Wesen war jedoch erfüllt von maßloser Gier, verpestet durch den Gott ohne Namen. Freudig trank er das Blut seiner Untertanen und predigte die Hetze des Dreizehnten. Da der Finstere die Gläubigen des Götterfürsten gefangen nahm und zu Tode quälte, ward er auch als Erzvampir verschrien. Praios verfluchte ihn für seine Untaten, auf dass die Strahlen der Sonne dessen Leib verbrennen sollten. Und Rohafan war nicht allein, denn er hatte viele auf seinen falschen Pfad gelockt …«
—aus dem Aureliani übersetzt, Schrift aus dem Orakel zu Balträa, Original datiert auf 650 v. BF

Die ersten Berichte zu Vampiren sind uralt und finden sich bei fast allen Völkern und Kulturen. Auf unseren Reisen haben wir einige Sagen, Fakten und Mysterien gesammelt, damit sie dir als Jäger helfen. Denn wie sich Zwerg und Elf voneinander unterscheiden, so mag es auch Kontraste bei den Blutsaugern geben. Hier erfährst du mehr zu den sogenannten Feylamia aus dem Volk mit den spitzen Ohren sowie den Xadurolokaschim unter den Angroschim. Weiterhin berichten wir euch von manchen Mythen um die Boronstochter Marbo und ihr Verhältnis zu den Kreaturen. Mach dir einige Notizen, in Schriftform oder im Geiste, denn die nachfolgende Sammlung wirst du an keinem anderen Ort in dieser Form finden.

Elfen

Wird einem Mitglied des sogenannten schönen Volkes seine Lebensessenz geraubt und verliert sein Licht an das dhaza (Isdira: das-das-Eins-zerstört, das-das-Sein-bekämpft, der Namenlose), mutiert es zum Feylamia (Isdira: Nicht-Sein). Es heißt, dass die grausame Elfe Pardona, die als Zunge des Dreizehnten und Erschafferin der Nachtalben gilt, weitere bösartige Rituale kennt, um Mitglieder ihres Volkes zum Unleben zu zwingen.

Vampire

»Bhardona ist es, die aus unserem Dha das finstere Dha'rc hervorgebracht hat. In ihren Geschöpfen ruft die Begehrenbringerin die Gier wach. So wird ein jeder von uns zum Täuscherelfen. Wir nennen sie feylamia, denn sie verlangen das, was sie nicht mehr sind. Das Leben saugen jene aus, als würden sie das awa der Quelle trinken. Dein fey fressen sie wie largra, um wieder einen Hauch von nurdra zu spüren. Ihre Beute verleiben sie sich ein und verspotten alle, weil sie deren Gesichter wie eine Maske aufsetzen. So schleichen die Räuber wie eine Schlange in unser Leben, wollen dich vom Weg abbringen oder zu ihresgleichen machen. Larza und Speer schmerzen sie kaum, aber der mutige thara mag sie bezwingen. So denke an Madayas Licht, wenn du ihnen entgegentrittst …«

—Lindariel Shallasandra in einem Gespräch über die Elfenvampire, Donnerbach, 1026 BF

Diese Quelle gibt einiges zu blutsaugenden Kreaturen der Elfen preis. Sonnenstrahlen schaden ihnen nicht, stattdessen gehört das Mondlicht zu ihren Schwächen, so heißt es. Wie der übliche Vampir besitzen sie eine Art unsichtbare Rüstung, welche die normale Waffe nur schwer durchdringt. Zudem soll unter ihnen das Gestaltwandeln verbreiteter sein als bei vormals menschlichen Geschöpfen. Gefährlich ist, dass diese Elfenräuber die Gabe der Magie in sich tragen und ihre Zauberei im Laufe ihres Daseins vervollkommnen können. Bedenke aber bei Berichten über Elfen auch den Aberglauben.

»Meide es, dem Spitzohr in die schrägen Augen zu sehen. Es reicht ein Blick der seelenlosen Elfen, um dir die deine zu nehmen. Ist es ein Zufall, dass sie in übernatürlicher Geschwindigkeit jagen und teils spitze Zähne besitzen? Vielmehr liegt der Verdacht nahe, dass sie dem Vampire gleichen. Kommt einer von ihnen zu Tode, schaue genau auf seine Knochen, die ein Schatz sein können. Nicht umsonst gibt es den Namen Elfenbein.«

—Auszug aus Was glaubt das Volk?, Erstausgabe, Wehrheim, 988 BF

Sicherlich ist nicht jeder aus dem Elfenvolk ein Blutsauger. Andererseits ist es für uns Menschen deutlich schwerer, einen Feylamia zu erkennen, da sein Volk allein schon so anders ist als wir. Die tapferen Finder Simyalas berichteten, unterwegs auf solch blutgierige Monstren getroffen zu sein.

Werwesen

So wie die Elfen gegen allerlei Seuchen gefeit sind, trifft dies wahrscheinlich auch auf die Lykanthropie zu. Keine Mär oder Sage berichtet von einem elfischen Werwolf. Stattdessen können die Kenner der Natur häufig helfen, den Roten Drachenschlund zu finden.

Zwerge

Die Angroschim sind ein sehr altes Volk, welches viel erlebt hat. Nach den Kriegen mit ihren Erzfeinden, den Drachen, kennen sie ebenfalls die seltene Plage der Blutsauger aus den eigenen Reihen.

Vampire

Einige Chroniken berichten, dass ein Xadurolokasch in den Höhlen wüte und seine Brüder umbringe. Der Begriff stammt aus dem Zwergischen und bedeutet wörtlich so viel wie: Verdorbener-Begleiter-im-eigenen-Stollen und soll sich aus den Wortstämmen für Verderben (Rogolan: Xa-, Abwandlung von Drache = drax), Gemeinschaft (Rogolan: Durosch), Heim (Rogolan: Losch) und Abkömmling (Rogolan: -(k)asch) zusammensetzen.

Noch heute können wir die Aufzeichnungen eines Angroscho zu Vampiren und Werwölfen lesen, der allen Jägern als Vorbild dient. Gargi Sohn des Gax hat das Monsterhandbuch verfasst, das entgegen der landläufigen Meinung nicht nur diverse geschuppte Verwandte des Riesenlindwurms erwähnt. Es gibt Gerüchte, dass der Autor weitere Passagen hinterlassen hat, die bis heute in unterirdischen Stollen lagern.

»Gargi groscho Gax zog nicht umsonst aus, um die Kapitel der Drachen und anderen Ungeheuer zu verfassen. Es steht geschrieben, dass damals ein grausamer Xadurolokasch unter uns Zwergen wütete, bei dem viele Verwandte starben und gleichzeitig der Sohn des Schreibers spurlos verschwand. Ob seine Lieblingsaxt mit dem Monstrum abrechnen wollte oder er tatsächlich das eigene Blut jagte, lässt sich heute kaum sagen. Es bleibt das Wissen um den Fluch Angroschs, der auf solchen Brudermördern lastet.«
—Warnung des Angroschpriesters Kalamox Sohn des Tordim, Angbar, 1039 BF

Da unter Tage kaum Sonnenlicht ist, lässt sich schwer einschätzen, ob Zwergenvampire hierdurch beeinträchtigt sind. Aller Voraussicht nach handelt es sich dagegen oft um Kreaturen, die den Fluch Angroschs auf sich geladen haben. Handwerkserzeugnissen wird man als Zwerg kaum ausweichen können. Deshalb wäre es recht markant, falls sie unentdeckt zwischen ihren Brüdern und Schwestern leben wollten.

Werwesen

Zu Lykanthropen unter dem kleinen Volk existieren kaum verwertbare Aussagen. Wahrscheinlich ist, dass es – analog zu den Elfen – keinerlei Erkrankte gibt. Allerdings sind wir bei unseren Nachforschungen auf recht unheimliche Berichte gestoßen. Einige Zeugen wollen gesehen haben, wie sich ein Zwerg in der Vollmondnacht zu einem riesigen Maulwurf mit scharfen Zähnen verwandelte und durch die Erde grub, um an sein nächstes Opfer zu gelangen.

Echsen

Kaum jemand hätte gedacht, dass die Achaz ebenfalls verfluchte Räuber kennen. Vor allem achten die Menschen nicht auf eine Verbindung mit dem Dreizehnten bei den Geschuppten, da sie ihre eigenen nahezu unaussprechlichen Götter haben. Eine solche Wesenheit ist zwar bisher unbekannt, was aber nicht ihre Existenz leugnet. Dies bestätigt auch der spezifische Begriff Nry'ssath tr'a (Rssahh: Vampir) in ihrer Sprache.

Vampire

»Der endgültige Untergang der alten Echsenstadt mit ihren Höhlen kam von außen durch die Menschen. Aber niemand wagte es, zu erwähnen, dass das Volk zuvor im Inneren geschwächt wurde. Es war die Angst, durch eine lockere Zunge das Verderben

des Chr'Ssir'Ssr am eigenen Leib zu spüren. Doch zischten es die Schlangen zwischen den Gelegen. Eine Raubechse, die das Leben der anderen nahm, um selbst warm zu bleiben, hauste unter ihnen. Und als die Restlichen vor den Eroberern flohen, musste sie ebenso das Weite suchen. Aber der Himmel und die Winde des geflügelten Zerschmetterers straften die Unersättliche für ihre mörderischen Taten.«

—Übersetzung einer gebrochenen Steintafel, angespült in Kannemünde, 1042 BF

Manche Vertreter der Achaz huldigen oder fürchten eine Gottheit, welche ähnlich wie der Herr Efferd über die Winde gebietet. Detaillierte Nachforschungen haben uns den Pfad des Dunklen Zeitalters gezeigt, wo man im Bosparanischen Reiche den Elementargott Chrysir verehrte, dem seine Anhänger den Sturm, Kampf, das Fliegen sowie die Herrschaft zuordneten. Aus der oben zitierten Überlieferung lassen sich Analogien zu einem Fluch Efferds ziehen, nur dass die Luft statt Wasser dem geschuppten Vampir schadet. Hoffen wir, dass solche Kreaturen ausgerottet sind. Sie wären selbst für erfahrene Jäger schwer zu fassen.

Werwesen

Ob Echsenwesen an der Lykanthropie erkranken, ist bisher völlig unbekannt. Allerdings fällt es uns schwer, eine solche Behauptung in Gänze auszuschließen. Vereinzelt hört man im Herrschaftsgebiet des schwarzen Elfen Dolguruk Gerüchte, welche menschengroße Schlinger erwähnen. Satinav, der Herr der Zeit, soll einige Sterbliche für ihren Frevel bestraft haben, sodass Echsen und Menschen zeitweise die Gestalt der Raubtiere annehmen würden. Werschlinger wären damit eine völlig neue Art, die unabhängig von den Mondphasen vorkäme. Ihr Auftreten könnte aber auch andere Ursachen haben, die beispielsweise in der Verwandlungs- oder Zeitmagie liegen.

Feen

Wer kennt nicht die Geschichten von zarten Blütenfeen, die Rosenknospen entsteigen und einem Schmetterling gleich über die Wiesen schweben. Gerade im Überwals des Bornischen weiß man um die verschiedenen Biestinger, die in Otter- oder anderer Tiergestalt der menschlichen Sprache mächtig sind. Mütter haben Angst vor den Kobolden, die ihnen die Neugeborenen rauben und die Seefahrer horchen auf, wenn das Wort Klabauter fällt. Nahezu alle Experten sind sich uneins, ob die sogenannten Tier- oder Pflanzenkönige ebenfalls zu den Feen gehören, da sie teils die Gabe der Magie besitzen.

Vampire

»Meide die dunklen Geschwister der Feen, die wir Lamifaar nennen. Einige sind tragische Gefallene, aber manche überfüllt vom Atem des Bösen. Denn Letztere stehen den Jüngern des Gottes ohne Namen in nichts nach und verpesten die Welt mit namenlosen Kräften.«

—Warnung einer Feenforscherin, Donnerbach, 1043 BF

Die Wesen der Anderswelt sind einst aus der Lebensessenz entstanden, so heißt es. Durch gewisse Umstände muss gleichwohl manchen jene Kraft verloren gehen. Dann bilden sich die Schwarzfeen und sie sind gezwungen, die Leere wieder aufzufüllen, indem sie Dritte bestehlen. Genau dies entspricht dem Wirken des Namenlosen, sodass die Lamifaari schließlich seine Werkzeuge werden. Darum sind sie nichts anderes als kleine Feenvampire, welche aufgrund ihrer Zauberei obendrein noch sehr gefährlich sein können. Einige Blütenwesen berichten dazu von ihren Feinden, den Feenfressern. Sollten diese eine Dunkelfee verschlingen, ist das Vampirische nicht gebannt, sondern überträgt sich sogar weiter.

Werwesen

Bislang gibt es keine Berichte. Vermutlich spielt hier eine Rolle, dass die Geschöpfe hauptsächlich aus Magie und nur zu einem kleinen Anteil aus einem Leib bestehen. Diese geringe Körperlichkeit schützt sie aller Voraussicht nach davor, ein Opfer der Lykanthropie zu werden.

Goblins

Die Rotpelze leben nicht nur in Wäldern und Bergen unter sich, sondern teilweise in Städten wie Festum und Uhdenberg. Damit können sie auch Opfer eines Blutsaugers oder der Lykanthropie werden.

Vampire

»Und nach dem Nachtmahr trafen wir auf ein weiteres seltsames Untier mit rotem Stachelhaar. Nein, es war kein einfacher Goblin, sondern unnatürlich stärker und dürstete nach Blut.«
—über die Vampirplage in Weiden zu den Zeiten der Sieben Gezeichneten, Baliho, 1017 BF

Blutsauger unter den Goblins tauchen kaum in den Büchern auf. Das mag daran liegen, dass die Menschen die kleineren Rotpelze häufig unterschätzen. Üblicherweise leben die Suulak, wie sie sich selbst nennen, in Gemeinschaften. Aus den damaligen Berichten geht hervor, dass die angreifende Kreatur auf Gegenstände der Jagd wie Knochen, Federn, aber auch Feuer reagierte. Dies erscheint nachvollziehbar, da das bepelzte Volk an die Muttersau glaubt, was sich dann als Blutsauger ins Gegenteil verkehrt.

Werwesen

Schweine spielen beim Leben der Struppigen eine große Rolle. Hast du bereits von den Wildschweinreitern gehört? Daher erstaunt es kaum, dass die wenigen Legenden zu Lykanthropen der Rotpelze nahezu immer ein Wandeln zu Wereber oder -sau nennen.

Orks

Ähnlich wie die Goblins können die Geschöpfe mit dem dichten schwarzen Fell und auffälligen Hauern zu Kreaturen der Nacht werden. Durch die eh schon stark hervortretenden Eckzähne des Unterkiefers und muskulöse Statur wird fast jeder Jäger Schwierigkeiten haben, einen Blutsauger zu erkennen.

Vampire

»Willst du wissen, ob die Schwarzbepelzten dem dhaza dienen? Einst war die Zeit des großen Kampfes, in der Simia gegen Riesen, Mahre und schwarze Orks kämpfte. Jene tragen deswegen den Beinamen der Farbe, weil sie verdorben wurden. Und wir alle sehen, was aus denen entsteht, die sich dem Unaussprechlichen hingeben ...«
—eine waldelfische Legendensängerin über den Kampf gegen die Horden des Dreizehnten, neuzeitlich

»Ist es Zufall, dass die Wissenden den Dämon des Güldenen Maruk-Methai nennen, der dazu übermenschliche Kräfte verleiht? Der Feldherr des Gesichtslosen trägt einen orkischen Namen, dessen erster Teil eindeutig „Anführer" bei den Schwarzpelzen bedeutet. Natürlich sind die Orks mit dem Namenlosen im Bunde, auch wenn sie ihn anders anrufen.«
—Gespräch eines alten Zauberers zu einem Begleiter, Hilgerds Heim, Svelltland, 1043 BF

Was geschieht, wenn ein aggressives Wesen mit hervorstehenden Zähnen seine Lebensessenz verliert? Es wird noch stärker und fast unbesiegbar. Erinnere dich an den Vampir Morghai aus den Magierkriegen, dem einige Schwarzpelze wahrscheinlich nicht nur für den Kampf dienten. Bis heute gibt es Gerüchte nahe der Orkschädelsteppe, dass dort ein Monstrum sein Unwesen treibt und Reisende auf seltsame Weise verschwinden. Wir nehmen an, dass sich bei den Verfluchten der vorherige Glaube – an deren Götter wie Brazoragh und Tairach – gegen sie wendet. Also beschäftige dich mit den Riten der Orks, wenn du in ihren Landen auf die Jagd gehst. Recht grobe Analogien findest du beispielsweise zwischen Gravesh und Ingerimm sowie bei Rikai und Peraine.

Werwesen

»Und als Ruchak, der Ork, den Werwolf im Licht des strahlenden Mondes tötete, opferte er das Blut des Bezwungenen an unseren Herrn Brazoragh mit der Bitte um ebensolche Stärke. Der Gott erhörte den Wunsch des Helden und schenkte ihm beim nächsten Vollmond die Gestalt des ersten Werstiers.«

—übersetzte orkische Sage, gehört in Tiefhusen, 1045 BF

Aus der Geschichte leiten wir ab, dass die Schwarzpelze Werwesen kennen und sich mit der Krankheit der Lykanthropie anstecken können. Da Brazoragh besonders mit den Minotauren im Bunde steht, werden Werstiere bei den Stämmen keineswegs ausgegrenzt, sondern gegebenenfalls als Segen ihres Herrn wahrgenommen. Bei einer Jagd auf ein solches Wesen musst du daher damit rechnen, dir weitere Feinde zu schaffen. Dazu gelten die Orks nicht als die klügsten Köpfe, sodass ein Überzeugen schwer wird. Stattdessen solltest du dich bei einer derartigen Vermutung vorbereiten und darüber nachdenken, den Verdächtigen zum direkten Zweikampf herauszufordern.

Trolle

»Was für ein Volk erwählte der Güldene, um sich gegen die anderen Unsterblichen zu wenden: die Trolle. Sie waren die Ersten, welche seiner aalglatten Zunge erlagen und von seiner Macht kosteten. Noch heute haben sie einen Namen für ihn, wenn er zurückkehrt - das Nachtlicht. Vertraue daher nicht den Bergschratigen, denn in ihnen schlummert der Samen des Verrats ...«

—Predigt eines Praiosdieners zu seinen Novizen, Greifenfurt, 1027 BF

Vampire

Auch wenn nicht alle Trolle dem Gott ohne Namen zugewandt sind, sollen diese vereinzelt existieren. Unheimliche Mythen erzählen von einem versteckten Bergtempel des Gesichtslosen an der Gelben Sichel, in dem ein Blutsauger der Bergschrate lebt. Er kann mittels seiner Kräfte den Lügenbringer lenken, einen dem Dreizehnten verfallenen Wind, heißt es. Der sogenannte Hauch des Namenlosen animiert Forscher, Neugierige und Unvorsichtige, in die Berge zu kommen, die aber niemals zurückkehren. Gib also genau Obacht, wenn du Expeditionen in der Gegend triffst oder Reisende, die nach Vermissten suchen.

Werwesen

Die verschiedenen Formen der Lykanthropen haben wir bereits als Hilfe für alle Jäger vorgestellt. Erinnert euch daran, dass sich der Erkrankte in ein ähnlich großes Tier transformieren wird. Jetzt fragst du dich, wie es dann Werbären geben soll. Die logische Antwort kann nur lauten, dass es einer riesigen Gestalt bedarf, um das Ergebnis einer solchen Wandlung zu sein. Aus diesem Grund glauben wir den schaurigen Geschichten, dass zum vollen Madamal Werwesen in den Gebirgen auftauchen, die das heilige Tier des Herrn Firun verhöhnen. Darüber hinaus verwenden die Bergschrate den Begriff Mondmacht, was mutmaßlich mehr als nur Zauberei bedeuten könnte.

Nordaventurien

Wir setzen unsere Reiseberichte zu den Blutsaugern und Mondreißern fort, denn je nach Region gibt es wissenswerte Dinge zu erzählen. Dort, wo man zu den Zwölfen betet, findest du wahrscheinlich die üblichen Schwächen der Vampire. Zuweilen treten aber auch Besonderheiten auf, die wir dir nicht vorenthalten wollen.

Bornland

Man erzählt sich, dass selbst in den winterreichen Gebieten Lebensräuber existieren, die der Herr Firun gestraft hat. So sollen bei einer Hochzeit nahe der Nordwalser Höhen gar eine

Nagrach-Paktiererin und ein adeliger Vampir aufeinandergestoßen sein. Was lässt sich daraus ableiten? Die Herrschaftsstruktur der Region ermöglicht es, dass die Blutsauger leicht zu Opfern kommen, ohne rechtlich belangt zu werden. Dazu bietet die weitläufige Gegend viele Gelegenheiten, um unerkannt zu bleiben. Die oben genannte Frevlerin hatte im Kampf mit der Nachtkreatur geringere Chancen, da die Frau kaum die Schwäche des Verfluchten auszunutzen vermochte. Es heißt, dass bei den Drachensteinen eine besondere Art von Vampiren vorkommt, die über mächtige Zauberei verfügen und deshalb weitaus stärker als die üblichen Exemplare sind. Die Amazonen in der dortigen Festung Yeshinna wissen mehr darüber, munkelt man.

Nivesenstämme

Die nomadischen Stämme des Nordens verachten nicht nur die Werwölfe (Nujuka: Myrkkeijanuan), sondern auch die Vampire (Nujuka: Liepauesä). Werden Angehörige ihres Volkes zu räuberischen Blutsaugern, sind sie nach den Geschichten ihrer Schamanen meist von den Himmelswölfen verstoßen. Als Mittel empfehlen die Nivesen Silberwaffen gegen all diese Flüche, da beide darauf reagieren. Dies ist eine erstaunliche Similarität zwischen den Kreaturen, welche die Nivesen auf die Nähe der Dämonin Kyrjaka zum Namenlosen zurückführen, was man auch in anderen Quellen zu Wesen der siebten Sphäre findet. Weiterhin raten sie und wir dir zur Wolfsmilch gegen die Madyaka – die Blutwölfe – sowie den Weißdorn bei Blutgierigen.

Norbarden

Die alten Schriftrollen der nordischen Händler erwähnen ebenfalls Kreaturen, welche unseren Lebenssaft begehren. Neben der Strafe von Göttern wie Heshinja, Peraine oder Phex kennen die Zibiljas weitere Formen. Ihre Göttin Mokoscha schützt aber die Meschpoche vor jeglicher Täuschung durch nimmersatte Bluttrinker, denn der Betroffene kann nicht mehr mit seiner Sippe plaudern, weil er für sie in fremden Zungen spricht. Das ist extrem auffällig, weshalb viele die Blutsauger schnell erkannten und mit Honig oder dem Angriff von Bienen vernichtet haben. Bernstein und der vierblättrige Klee sollen als heilige Materialien einem Vampir bei Berührung schaden, was jedoch für dich gefährlich ist. Wir leiten dir hiermit auch den Hinweis weiter, Kerzen aus Bienenwachs im Gepäck zu haben, da von der Schwarmgöttin Verfluchte diese nicht in die Hand nehmen werden.

Gjalsker

Diese kräftigen Menschen leben im gleichnamigen Land in der Nähe der thorwalschen Grenzen und beten zu einer Reihe von Tier- sowie Naturgottheiten. Hast du hier als Jäger einen Vampirverdacht, bei dem die üblichen Symptome nicht zu den Zwölfen passen, könnte Naturû-Gon ins Spiel kommen. Sein Symbol ist das weiße Mammut und steht für Kraft, Natur sowie das Überleben. Dementsprechend hassen Blutsauger mit diesem Fluch Elfenbein und Trophäen der Jagd. Darüber hinaus sagen die Schamanen, dass von Naturû-Gon gestrafte Vampire ihre komplette Sippe verlieren, da man sie nicht mehr erkennt. Siehst du die Ähnlichkeit zu den Norbarden, wo der Lebensräuber ebenfalls zum Verfemten wird?

Thorwaler

Triffst du in den nordwestlichen Regionen auf die lauten Seefahrer, wirst du früher oder später den Glauben an den Gottwal mitbekommen. Vermutest du einen Vampir und willst seine Schattenseite herausfinden, kommen gewiss Travia, Ingerimm und Firun infrage. Ein Skalde erzählte, dass Menschen mit einem Swafnir-Fluch den Ozean meiden, was sie zu Außenseitern und sehr eigentümlich für ihr Volk macht. Weiterhin sollen sie kein Schiff betreten, weil es ihnen körperliche Schmerzen bereitet. Hast du also einen Thorwaler mit einer Meeres- und Schiffsallergie in der Nähe, musst du dich vorsehen.

Mittelaventurien

Hier herrscht der Glaube an die Zwölfgötter, weshalb wir uns recht kurz halten.

Almada

Einige Mythen ranken sich um den Tod von Selindian Hal, den Bruder der Kaiserin, und seinen Nachwuchs. Der Blutkult zu seinen Lebzeiten sowie Berichte über seine besonderen Kräfte werfen noch heute viele Fragen auf. Wurde der Herrscher etwa selbst zu einem Vampir? Musste sein Sohn sterben, weil er als Blutsauger eigentlich keine Nachkommen mehr zeugen konnte?

Horasreich

Das Liebliche Feld kennt neben Rohafan von Pailos noch weitere berüchtigte Vampire. Lucianus von Vinsalt gilt angeblich nicht nur als Phantom der Oper, sondern auch als herausragender Alchimist, welcher Kirchendienern hilft und das Namenlose bekämpft. Möglicherweise hat er sogar ein Mittel gegen seinen Durst gefunden und zählt nicht zu den bösartigen Kreaturen. Die Antithese ist hingegen Imiglykos. Der frühere Ingerimmgeweihte soll nun ein blutsaugender Jünger des Dreizehnten sein. Neben den karmalen Kräften des Abgrunds und seinem süßen Namen sagt man ihm eine solch überderische Schönheit nach, auf dass er sogar die Geliebte der Göttin auf seine Seite ziehen könnte. Glücklicherweise gilt er derzeit als verschollen, aber einige Diener des Rattenkindes suchen ihn sehnlichst.

Zentrales Mittelreich

Ist das Schauspiel namens „Der Vampir von Havena" ein Zufall oder gibt es ihn tatsächlich? Einst wurde die Ehefrau des Gildenoberhaupts der Zimmerleute als Blutsaugerin beschuldigt und gepfählt. Dazu hört man aus der Kaiserstadt, dass zuweilen tote Reisende im Umkreis der Dämonenbrache gefunden wurden und Merkmale von Vampirbissen aufwiesen. In Greifenfurt kursiert die Geschichte um einen uralten Henker, der sich zu einem extrem mächtigen Blutsauger wandelte, was auch einer der ersten Jäger namens Ludo von Hellsingen – ein Vorfahre des Verfassers dieser Zeilen – erwähnte. Letztlich soll die finstere Kreatur nahezu unbesiegbar gewesen sein und obendrein Flügel besessen haben, dass der Götterfürst selbst einen Greif entsandte, um den Blutgierigen endgültig zu vernichten.

Tobrien

In der Umgebung ist kürzlich ein Handel mit Blut aufgedeckt worden. Scheinbar hat ein gerissener Blutsauger einige Geiseln gefangen und ihnen regelmäßig den roten Lebenssaft abgezapft. Hinzu fügte er das gepresste und gefilterte Fluid der Citrone, um das schnelle Gerinnen zu verhindern. Auf diese Weise bot er sein Erzeugnis anderen Vampiren an und machte damit reichlich Gewinn, weil diese Kost deutlich unauffälliger als das Hinterlassen von Leichen war. Glücklicherweise konnten tapfere Abenteurer das Netzwerk aufdecken, aber der Übeltäter entkam gen Transysilien. Es bleibt abzuwarten, ob er dort seine Kenntnisse erneut anwendet.

Weiden

Viele erinnern sich an die dortige Vampirplage vor etwas mehr als 30 Jahren. Auslöser war ein uralter Blutsauger namens Walmir von Riebeshoff, der einige Jahrhunderte auf der Acheburg sein Unwesen trieb. Auch der Baron Jarl Staubhold von Mersingen-Eberstamm und seine Tochter zählten zu den finsteren Wesenheiten, welche gemeinsam die Lebensessenz für die Rückkehr des Dämonenmeisters Borbarad sammelten. Aus dieser Zeit stammen viele Aufzeichnungen und das bis heute erhaltene Bestreben, die Blutsauger konsequent zu bekämpfen.

Südaventurien

In den wärmeren Gefilden haben alte tulamidische Kulte überdauert. Sie alle kennen die Plage der Blutsauger, wenn auch in unterschiedlichem Gewand.

Aranien

Die Belkelel-Abart der Vampire hatten wir bereits erwähnt und einige von ihnen sollen das Moghulat Oron überdauert haben. Kürzlich kamen uns auf phexischem Weg in der Gegend um Mendlicum seltsame Vorkommnisse zu Ohren. Waren hier etwa Lamijanim am Werk? Viel bedeutsamer ist aber das Märchen vom *Bir al'chat* (Tulamidya: Brunnen des Lebens), der verlorene Essenz eines Menschen zu heilen vermag. Es heißt sogar, dass jenes Wasser den Frevel eines frisch verwandelten Vampirs beendet und ihm sein altes, menschliches Dasein ermöglicht, so lange er noch nicht das Blut von Sterblichen gekostet hat. Sollte sich diese Erzählung bewahrheiten, wäre das die Gelegenheit, um die Plage der Blutsauger einzudämmen.

Ferkina

Die wilden Jäger der tulamidischen Berge tragen nicht nur blutrote Schleier, sondern kennen auch Ishan ul Zul (Ferkina: Räuber des Blutes). Gib Essenzgierigen aus diesem Volk den roten Saft der Tiere, denn er verbrennt ihnen Mund und Zunge. Alternativ sind sie im berittenen Kampf einfacher zu besiegen, sagt der Schamane Djersahr Bân Sharîda. Weiterhin erwähnt er, dass die Verfluchten das Tragen der feuerfarbenen Tücher ablehnen, weil dieser Ton ihre Gier ins Unermessliche steigen lässt.

Maraskaner

Die Inselbewohner und Exilanten kennen den Bruderlosen und bekämpfen seine Anhänger. Da sie die Zwölfe als Kinder Rurs und Grors sehen, haben wir keine besonderen Spezifika erfahren.

Novadi

Die Wüstensöhne und -töchter ehren den All-Einen Rastullah. Am Beginn der Sternenleere feiern sie den 3. Rastullahellah oder Tag der Blutrache. Überhaupt steht der Wüstengott mit seiner Selbstdisziplin dem Dreizehnten entgegen, wobei sich die Gläubigen nicht für den anderen Gott interessieren. Trotzdem kennen sie den Fluch der Vampire, wenngleich sie selten Kontakt mit den Verfluchten haben. Ein Mawdli erklärt dies dadurch, dass solche Ungefälligen die Wüste und damit den Lebensraum der Novadi meiden. Klingen mit Diamantstaub sollen die finsteren Kreaturen dem Erdboden gleichmachen. Ebenso reagieren jene auf Bernstein empfindlich, ähnlich den Vielbeinigen.

Thalusien

Im Herrschaftsgebiet des schwarzen Elfen findet man noch einige urtulamidische Kulte, wie den Glauben an Al'Mahmoud. Diese Verehrung vom Herrn der Zeit ist selten und sonst meist nur aus der Stadt Selem bekannt. Verwünschungen durch Satinav sind für Vampire überliefert, da diese ihr Leben verlängern und damit aus seinen Händen nehmen. Daher soll er die Betroffenen mit dem Strudel der Äonen strafen, auf dass sie sich dort verirren. Weiterhin erzählt man sich von den gefallenen Sternen der Töchter Ymra und Fatas, deren Staub alte Erinnerungen und eine neue Zukunft – also hier das Menschenleben – schenkt. Asche, Rost, Mumien und Knochenstaub gelten dazu als Talismane gegen satinavverfluchte Blutsauger.

Tulamidenlande

Der Glaube an die Zwölfe steht hier im Vordergrund, auch wenn teils andere Schwerpunkte und Schreibweisen wie bei Feqz vorkommen. Je nach Region werden die von uns gejagten Lebensräuber als Diener des Dreizehnten verachtet sowie als Monstren der Schwarzfaulen Lust bekämpft. Mancherorts werden aber Absichten der Vampire genauer hinterfragt, da es sich auch um die Kinder der Maha Bor beziehungsweise Umm Ghulshach (Tulamidya: Geiermutter) handeln könnte. Letztere gelten als erwachte Wesen der Boronstochter Marbo und tragen weniger Flüche in sich. Unter ihren Priestern munkelt man gar, dass diese besondere Art den Sterblichen hilft, gegen die finsteren Kreaturen vorzugehen.

Waldinseln und Meridiana

Die Menschen auf den südlichen Eilanden haben einen eigenen Namen für die Lebensräuber: Tokoto. Jene haben den Fluch Kamaluqs auf sich geladen, der Ähnlichkeiten zu den Goblins hat. Jagdtrophäen und hölzerne Waffen sind den Blutgierigen verhasst. Zudem straft sie der göttliche Jaguar, sodass alle Tiere den Vampir als Feind ansehen und angreifen.

IV

Hinterlassenschaften und Indizien

Wie kommen Jäger darauf, dass ein Vampir oder Werwesen irgendwo sein Unwesen treibt? Fast immer beginnt die Reise beziehungsweise das Nachforschen mit konkreten Auslösern, wegen derer Außenstehende uns um Hilfe bitten. Zuweilen sind auch die offiziellen Stellen überfordert und stocken bei der Aufklärung, weshalb du in diesen Fällen nur feinfühlig deine Expertise anbieten kannst. Eben jenes Ursprungsereignis macht Angst und bedroht andere Menschen. Stets und ständig spielen vermisste Personen, tote Tiere oder sogar menschliche Leichenfunde hierbei eine wichtige Rolle.

»Die Mordserie? Und die Kollegen stochern bisher wirklich nur im Nebel. Damals in Weiden gab es das auch, sagst du. Boshaft und widernatürlich, aber weder Dämon noch Geist? Mit solchem Kruppzeuch haben wir eh nichts zu schaffen. Du hast Glück, mir sitzen die Zünfte schon im Nacken. Willkommen neuer Hilfsbüttel. Gib die beiden Schärpen deinen Gefährten. Ich erwarte unverzügliche Lösungen, haben wir uns verstanden …«
—Auftrag der Hauptfrau an einen Vampirjäger, Streitende Königreiche, 1041 BF

Das Opfer

Zuerst stellt sich die Frage nach der Art des Geschädigten und einem eventuell vorhandenen Leichnam. Wird jemand vermisst, solltest du direkt den Tatort untersuchen. Bei toten Tieren sind noch vielerlei Ursachen möglich, von Konkurrenz über Raubfeinde bis zur Mordlust Sterblicher. Allerdings thematisiert man diese Tatsachen meist nur, wenn der Anblick besonders ab-

stoßend ist. Verstorbene Elfen, Zwerge und Menschen werden dagegen beispielsweise schneller zum Stadtgespräch.
Handschuhe und wohlriechende Salben helfen dir zu Beginn über den Ekel und Geruch von Leichen hinweg, sollten diese bereits älter sein. Das zügige Untersuchen ist ungemein wichtig, da du auf diese Weise andere vor einem eventuellen Täter zu schützen vermagst.

Vampir

Der Biss eines Lebensräubers hinterlässt bemerkbare Spuren an seiner Beute, wobei sich die parallel ausgerichteten Eintrittsstellen der Eckzähne schnell übersehen lassen. Sie punktieren häufig die Halsschlagader, weil diese Stellen selten bedeckt und ohne Aufhebens erreichbar sind. Gerissene Mörder wählen das Schlüsselbein, das sie nach dem Trinken wieder mit Kleidung bedecken. Anatomische Studien verraten dir zudem, dass der Oberschenkel aufgrund der dicken Arterie recht gut geeignet ist, aber auch Arme und selbst das Gesäß als Angriffspunkte herhalten müssen.
Nach dem normalen Tod leeren sich vom Herz wegführende Blutgefäße, während sich die Hinführenden füllen. Abhängig von der Haltung der Toten müsste man in den jeweils unten liegenden Bereichen des Körpers und Geweben mit einer Stauung des restlichen Lebenssaftes aufgrund von Sumus Griff rechnen. Ist jedoch ein Vampir für den Tod verantwortlich, sieht das Ergebnis anders aus, da ein bedeutsamer Teil des Blutes im Leib fehlt. Überlebt gar ein Geschädigter, musst du von einem Schock und an einer länger andauernden Verwirrung

ausgehen. Nur mit Glück vermag der Betroffene, seinen Angreifer genauer zu beschreiben, da jene meist aus dem Schatten zuschlagen.

Werwesen

Hat ein verwandelter Lykanthrop mit seinem scharfen Maul zugeschnappt, ähnelt es eher dem Angriff eines Raubtiers. Hier hilft nur, sich die Wunde mit Lupe und Pinzette näher anzusehen. So kann der Betrachter weitere Details finden und Rückschlüsse auf die Gebissart feststellen. Die Kraft und Reißzähne hinterlassen im leichteren Fall oberflächliche bis tiefe Kanäle, welche das vorhandene Gewebe zerstören.

Biss oder Riss

Für ein tieferes Verständnis sind einige Erläuterungen zum Aufbau des Gebisses hilfreich. So lässt sich nicht nur das Bluttrinken vom Zerreißen unterscheiden. Gegebenenfalls kann ein Kundiger sogar mehr zur Tierart eines verdächtigen Lykanthropen sagen.

Vampir

Bei einer normalen Begegnung sind die Vampirzähne nicht zu erkennen. Es gibt auch Fälle, in denen die Lebensräuber ihr Gebiss nur zur direkten Jagd verlängern. Die bei einem Angriff gemeiniglich spitzen und verlängerten Eckzähne sind im Oberkiefer lokalisiert.

Das Beißen erfolgt – wie zuvor beschrieben – vorherrschend an größeren Blutgefäßen, um anschließend den Durst nach Blut und der Lebensessenz zu stillen. Die gezielte und begrenzte Läsion kann für Ahnungslose eher unauffällig wirken.

Differenzieren: Solche längeren oder schärferen Beißer müssen nicht zwingend auf Vampirismus deuten. Es existieren Personen, die von Natur aus optisch ähnliche Exemplare besitzen. Zuweilen soll es sogar beispielhaft unter den Schaustellern Menschen geben, die sich von Zahnreißern absichtlich ihre Eckzähne anspitzen lassen, um als Vampir-Attraktion durch die Lande zu reisen. Der Biss eines Blutsaugers muss extrem präzise erfolgen, weshalb die Opfer vielmals betäubt, gefesselt oder auf andere Weise ruhiggestellt sind.

Werwesen

Bei den klassischen Raubtieren wie Werwölfen und -panthern finden sich Reiß- und Quetschwunden. Diese zeigen häufig auch einen zerfetzten Rand. Aufgrund der scharfen Zähne kommt es in der Regel zu tief liegenden Schädigungen, welche zudem Muskelgewebe und Knochen betreffen können. Die übliche Anordnung eines Fleischfressers besitzt vorn Fangzähne und soll das Entkommen der Beute verhindern. Mit scharfkantigen Höckern sind die vorderen Backen- und Reißzähne ausgestattet und folgen dem Prinzip einer Schere. Ober- und Unterkiefer bewegen sich aufeinander zu und zerteilen dabei das Gewebe.

Differenzieren: Werlöwen und -tiger gehen dagegen meist wie ihre tierischen Artgenossen vor und brechen ihrer Beute zuerst mit den Zähnen das Genick.

Reagenz: Derzeit arbeiten wir an einem anfärbenden Fluidum, das als wichtiges Ingredienz Blutblatt enthält. Durch die weitere Zugabe von den Pollen der Madablüte und einem Hauch Theriak testen wir es als farblichen Nachweis von Bissen. Im Idealfall werden die Blutgefäße der Bisswunde stabilisiert und nehmen eine hellbraune Farbe an. Bei Verletzungen von Reißern wirkt es ebenso, aber zeigt dagegen keine fokussierte, sondern eine flächenhafte Ausprägung.

Tatort und -zeit

Aufgrund der abweichenden Vorgehensweise ist die Blutmenge am Ort des Geschehens ein weiterer Hinweis. Weiterhin ist vielsagend, ob der Überfall in einer Stadt, einem Dorf oder außerhalb stattgefunden hat.

Vampir

Neben ihren Opfern hinterlassen Lebensräuber nur wenig Spuren wie Blutreste. Mehrheitlich kennen sie ihre Beute und haben sie vorab ausspioniert. Zuweilen verschwinden Fußabdrücke abrupt, weil sich die Kreatur in ein Flugtier oder Nebel verzaubert hat. Mit geringem Aufwand ist für sie ein Angriff in der Stadt verbunden, wo sie anschließend leicht untertauchen können. Die Nacht zählt aus mehreren Gründen zur bevorzugten Jagdzeit. Es fehlen Zeugen, die den Überfall beobachten, und sie weichen gleichzeitig dem meist verhassten Praioslicht aus. Abseits der Ortschaften bevorzugen sie Alleinreisende und kleinere Gruppen, deren Tod sie

Räubern oder wilden Tieren in die Schuhe schieben. Knöpfe, Stoffreste und Hautpartikel unter den Fingernägeln der Toten lassen Rückschlüsse zu, dass der Mörder Kleidung trug und ein menschliches Antlitz hatte.

Werwesen

Beim verwandelten Lykanthrop findet man eher spezifischere Spuren, die teilweise seinen tierischen Artgenossen ähneln. Durch Affekt und Raserei kommt es zu Kampfhandlungen und Fährten, die auf einen Gang mit mehreren Gliedmaßen deuten. Die Fußspur eines Wolfes zeigt beispielsweise einen Haupt- und vier Zehenballen. Weiterhin ist aber die Gangart wichtig, denn dieses Raubtier bewegt sich meist geradlinig und effizient fort, sodass es die Hinterpfoten exakt in die Abdrücke seiner Vorderpfoten setzt. Beachte hierbei, dass einige Erkrankte auch aufrecht unterwegs sein können. Dass die Werwesen ihre Beute fast immer zerfetzen und sie fressen, führt zu größeren Blutlachen. Dies ist ein Grund, warum sie vor dem Vollmond ihre gewohnte Umgebung verlassen, um bei vollem Madaschein in der Wildnis zu jagen. Das hat den Vorteil, dass sie geliebte Menschen schonen und gleichzeitig unauffälliger sind.
Krallenspuren an den Leichnamen und abgenagte Knochen sind nützliche Hinweise auf solche tobsüchtigen Wesen. Hat sich das Opfer zur Wehr gesetzt, bleiben möglicherweise Fell- oder Blutreste zurück. Letzteres lässt sich sogar mit magischen Mitteln untersuchen, sofern ein Kundiger in deiner Nähe ist.

Reviere und Familien

Vampir

Zuweilen treffen zwei fremde Blutsauger aufeinander, was zu Gerangel um das Jagdgebiet führen kann. Dies erhöht häufig die Anzahl der Opfer und es kommt auch zu gegenseitigen Angriffen. Darüber hinaus erschafft ein Unlebendiger weitere Exemplare seiner Art, damit sie ihm dienen und leichte Beute besorgen. Hierdurch entsteht ein regelrechter Clan, was die Jagd auf den Lebensräuber noch gefährlicher macht. Gerüchtweise hört man von solchen Zirkeln in Al'Anfa, welche sich an ihren Sklaven laben.

Werwesen

Unter Lykanthropen ist die Rivalität stark ausgeprägt, ähnlich wie bei Raubtieren. Deshalb sind Kämpfe untereinander meist absehbar. Manchmal bilden mehrere Erkrankte jedoch ein Rudel, das unter einem Leittier gemeinsame Sache macht. Es heißt, dass sie nördlich der Nordwalser Höhen in regelmäßigen Abständen zusammenfinden. Dort sollen sie – fast wie ein Zirkel aus Druiden oder Hexen – einvernehmliche Taten planen.

Botschaft der Tiere

Vampir

Die Gegenwart von Lebensräubern bereitet Hunden, Katzen und ähnlichen Freunden aus der Tierwelt starkes Unbehagen und große Angst. Daher versuchen sie, die unmittelbare Aura des Verfluchten zu verlassen. Bleibt ihnen diese Chance verwehrt, werden sie unruhig, winseln oder suchen Verstecke in der Nähe.

Die gierigen Räuber umgeben sich gern mit den fliegenden Blutsaugern. Es heißt sogar, dass sich manche in einen Schwarm der Fledertiere verwandeln können, um ihren Häschern zu entgehen.

Werwesen

In Menschengestalt unterscheidet sich das Verhalten von Tieren schwerlich. Zwar knurren manche Hunde, weil sie eine Konkurrenz bemerken. Dies lässt sich jedoch selten spezifizieren. Kleinere Lebewesen ziehen sich eventuell ängstlich zurück, was aber ebenfalls keine Aussage zulässt.

In einigen Geschichten suchen Werwesen in der Vollmondzeit die Nähe ihrer tierischen Artgenossen, in deren Rudel sie dank ihrer beträchtlichen Kräfte kurzfristig aufgenommen werden. Daher nimmt das Wolfsheulen bei vollem Madamal stärker zu, so heißt es.

V

Das Wandeln

»Sei dir bewusst, dass auch die Kunst der Analyse einem Vampirjäger nützlich sein wird. Vampire zählen zu den Zauberkreaturen und können jemanden zu ihresgleichen machen. Wie? Mittels Magie. Im Grunde genommen ist es ein permanenter Prozess, der dem Verwandlungselixier aus der Alchimie gleichkommt. Neugierig geworden? Der Werwolf überträgt die astrale Krankheit namens Lykanthropie. Gebissene erwartet häufig ein ähnlich grausames Schicksal. Heute reden wir über Theorien und Möglichkeiten, solche Verwandlungen zu unterbrechen. Welcher Cantus könnte beide Vorgänge zeitweise stoppen? Paralysis – korrekt, aber weniger als eine Stunde gewonnen. Ah, der elementare Ansatz: Erhabenheit des Marmors. Eine vorzügliche Wahl, wenngleich sie sehr kraftraubend und das Abwandeln zum Berühren fast unumgänglich ist ...«
—Mitschrift der Zauberfeder, Unterrichtsstunde der Sylphoria vom Wetterturm, Paavi, 1033 BF

Vampire und Werwölfe haben eine Gemeinsamkeit, sie sind widernatürlich und entstehen aus Sterblichen. Auch wenn die Genese nicht identischen Regeln folgt, was vor allem Betroffene und Zeit betrifft, spielt die *Magica mutanda* (Bosparano: Verwandlungsmagie) eine bedeutsame Rolle. Daher betrachten wir nun den Verlauf genauer. Mit diesem Wissen vermagst du näher abzuschätzen, ob ein Opfer noch zu retten ist und welche Frist dir bleibt.

Vampirismus

Zuerst einmal musst du das Bild eines täglichen mordenden Vampirs aus deinem Kopf verbannen und geraderücken. Der Durst eines Blutsaugers ist nicht mit unserem Drang nach Nahrung und Wasser vergleichbar. Grob kannst du von ein bis zwei Opfern pro Mond ausgehen, wenn es sich um ein einzelnes Exemplar handelt. Darüber hinaus ist wichtig, dass die Lebensräuber einen längeren Schlaf wählen können, in dem ihr Bedürfnis nach der Lebensessenz kaum eine Rolle spielt. Sind hingegen mehrere Vampire an einem Ort versammelt, kann es durchaus zu einigen Toten oder Verletzten in kurzer Zeit kommen.

Hat der Blutgierige aber beispielsweise Freunde sowie Bekannte, die ihm regelmäßig ihr Blut gewähren, muss niemand sterben. Auf diese Weise können die Unholde lange unentdeckt bleiben, falls die wenigen Vertrauten das Geheimnis für sich bewahren.

Mit dem Stehlen der Essenz ist auch ein Verlust der Lebenskraft verbunden. Ein sehr durstiger Vampir kann sich schwerer beherrschen, weshalb seine Opfer meist sterben. Nur wenn es der Blutsauger auf das gesamte Sein des Sterblichen abgesehen hat und dem Spender einen Rest seiner Vitalität lässt, wandelt sich der Betroffene selbst zur widernatürlichen Kreatur.

Ohne Zähne: Wir wollen nicht vergessen, dass Lamijanim ihrem Partner beim Liebesakt die Lebensessenz rauben, wozu kein Biss erforderlich ist. Es heißt auch, dass manchen Vampiren ein Kuss oder pures Anstarren reicht, was noch schwerer zu rekonstruieren ist.

Besserung und Heilung

Zum Prozess an sich gibt es unterschiedliche Beobachtungen, von wenigen Stunden bis zu einem ganzen Tag. Der Gebissene ist häufig apathisch und leidet unter Schmerzen, wobei sich schwerer zuordnen lässt, ob das Restwirkungen des vorherigen Überfalls sind. Der Puls ist meist erhöht und der Atem flacht ab. Setzt er völlig aus, ist die Wandlung nahezu abgeschlossen. Oft erscheint die Haut zu Beginn gräulich und wird ein wenig rosiger. Vermutlich handelt es sich auch um eine Art Krankheit, zu der es nur Geschichten über angebliche Gegenmittel gibt.

- **Bluttrinken unterbinden:** Effektiv ist es, den Angriff des Vampirs zu stören. Auf diese Weise kann er seinem Opfer nicht die gesamte Essenz entziehen.
- **Brunnen des Lebens:** In der aranischen Region gibt es Geschichten um ein so mächtiges Heilwasser (Bir al'chat) der Peraine, dass es Gebissenen das alte Dasein zurückgibt, bevor sie das erste Mal von Sterblichen getrunken haben.
- **Göttliche Alchimie:** Ungenierte Alchimisten forschen sogar an einer Rezeptur aus Theriak – dem Blute Sumus, einer stark heilenden Substanz –, obwohl es durch Dämonen gewonnen wurde. Eine uralte Quelle berichtet von der Erweiterung des heute bekannten Roten Drachenodem. Dabei soll man neben dem Roten Drachenschlund eine Alveranie, weißen Lotos sowie karmale Kräfte von Geweihten der verfluchenden Götter einfließen lassen. Jener Trank vermag einen frisch verwandelten Vampir zu retten.

- **Oasen der Tsa:** Der kalte Norden hält manche Geheimnisse bereit. Dort triffst du auf Pilger, welche die sich stets wandelnden Orte der jungen Göttin suchen. Einige Reisende berichten, dass sie nur durch das Wunder der Erholungsstätte in der unwirtlichen Region überleben konnten und darin extrem heilkräftige Pflanzen wachsen.
- **Seelenwanderung:** Marbo, die Tochter Borons, schenkt selbst Vampiren die Gelegenheit, zum Guten zurückzukehren, so heißt es. Aus unerklärbaren Gründen existieren Körper, die ganz ohne Inneres sind. Die Blutsauger sollen aber nach manchen Quellen noch den Rest einer Seele besitzen, welche dann mittels Zauberei in einen neuen Leib, das leere Gefäß, wandern könnte. Dagegen sehen viele Kirchen solche Gedanken als großen Frevel an.

Lykanthropie

Die Heiler hatten vieles versucht, aber das Übel blieb und Blut floss immer wieder aus der Wunde. Man hatte extra einen Genesungstrank vom Alchimisten aus Paavi besorgt, erfuhr ich später. Das hielt den Körper bei Kräften, mehr nicht. Nun war der erste Vollmond und ich schickte auf Rat der befreundeten Medica alle fort, sogar die Knechte. In der angesengten Hose und einem verdreckten Hemd zog es mich wie bei einem Schlafwandler nach draußen. Die Erinnerungen sind nur bruchstückhaft geblieben. Mein Inneres wehrte sich heftig, aber es hatte keine Chance. Heiß wurde es trotz der nächtlichen Kälte, überall. Die Ohren verlängerten sich und stießen aus den Haaren heraus. Gleichzeitig wuchs die Nase extrem und überzog sich mit Fell. Unnatürlich knackten meine Schultern und der Rücken, Muskeln bildeten sich neu. Ich musste auf die Knie gehen, um das alles zu ertragen. Du bist machtlos, wenn sich die Arme und Hände verzerren und aus Fingern groteske Pranken werden, als ob dein Geist den Körper verlässt. Danach fühlte ich Hunger, eine unerträgliche Gier nach Fleisch, und rannte in den Wald, auf allen Vieren ...«

—Tagebuch eines getöteten Werwolfs, Herzogtum Paavi, 1039 BF

Die Übertragung erfolgt fast immer über den Biss eines Erkrankten. Hierfür kommen Werwesen, Blutwölfe der Kyrjaka oder auch die Dämonin selbst in Betracht. Die Betroffenen bluten an den ersten Tagen stetig aus der Wunde und anderen Körperöffnungen, sogar wenn du sie durch Magie und Alchimie heilst. Der Verlust schwächt den Gebissenen täglich, sodass ständige Pflege erforderlich ist. Drei Sonnenaufgänge später ist das Schlimmste überstanden und es wartet die erste Verwandlung beim nächsten Vollmond. Dagegen kann sich der Erkrankte wehren, was aber immens herausfordernd ist.

- **Pflanzliches Übel:** Kürzlich erreichten uns Gerüchte aus dem Bornland. Angeblich soll es dort eine Variante des Morgendornstrauchs geben, die Unvorsichtige über einen Stich nicht in Sumpfranzen, sondern Werwesen verwandelt. Noch schlimmer ist der Bericht von Wermoskitos, welche die Krankheit durch Bisse übertragen.

Besserung und Heilung

Über den Verbleib in der veränderten Gestalt gibt es diverse Aussagen, die von einigen Stunden bis zu mehreren Tagen reichen. Der Prozess der Mutation selbst soll bei vollem Bewusstsein stattfinden und extrem schmerzhaft und verstörend sein. Man wird leibhaftiger Zeuge, wie der Körper neue Muskeln, Krallen sowie eine lange Schnauze und Zähne bildet. Der Gestaltwechsel vollzieht sich aber recht schnell, so heißt es. Von Augenzeugen und Berichten lässt sich sagen, dass teilweise wenige Herzschläge, in anderen Fällen einige Minuten nötig sind. Möglicherweise ist es auch vom Alter des Werwesens abhängig.

»Das einzig bekannte Gegenmittel sind bis zu diesem Zeitpunkt die frischen Blätter des Roten Drachenschlunds. Lege die Folia direkt auf die Bisswunde, welche du manchmal dazu aufschneiden musst. Fixiere dann alles mit einem Verband, um den Leidenden einmalig vor der Verwandlung zu bewahren.«
—Auszug aus Eynmaleyns der Kreutherkunde, Erstausgabe, Festum, 1044 BF

- **Behandlung:** Als Therapie der Lykanthropie ist ein Gegenmittel bekannt: der Rote Drachenschlund. Entgegen der landläufigen Annahme helfen nicht die Flora (Bosparano: Blüten), sondern die Folia (Bosparano: Blätter). Jene unterstützen den Körper, sich gegen die Krankheit zur Wehr zu setzen. An dieser Stelle empfehle ich dir, dich vorab mit der Behandlungsmethode zu beschäftigen. Im Akutfall wird dir ein normaler Heiler kaum beistehen können, da gezielte Handgriffe und kein einfaches Auflegen nötig sind. Üblicherweise fällt die Heilung leichter vor der ersten Verwandlung. Danach gibt es widersprüchliche Aussagen. Die meisten sagen, dass Magie, profanes und göttliches Wirken fehlschlagen, mit denen ein Patient zu retten wäre.

Aufschiebendes

Sind Lykanthropie und Vampirismus einmal festgestellt, lassen sich beide nur schwer verhindern. Teilweise ist aber ein Herauszögern nützlich, um beispielsweise Zeit für das Gegenmittel zu gewinnen.

- **Alchimie:** Wenige Geweihte, die sich der Kunst der Tränke verschrieben haben, kennen das Rezept von Peraines kleiner Gnade, das unter anderem Honig und Knoblauch vorsieht. Dieses Elixier vermag Krankheiten für Stunden bis Tage auszusetzen. Leider entfaltet es seine Wirkung nicht bei Menschen, die sich in einen Blutsauger verwandeln. Wir haben kürzlich die erste Anwendung des sogenannten Vampirismus-Suppressors erleben können. Dieser wirkt ähnlich wie der Perainetrank spezifisch bei den Lebensräubern. Da ein Gegenmittel so gut wie nie vorhanden ist, bleibt offen, ob die zusätzlich errungene Zeit nützlich ist.

- **Übernatürliches:** Zauberei und karmale Kräfte können das Ausbrechen von Krankheiten verzögern. Als kurzfristige Lösung wird ein meisterlicher *Paralysis* beschrieben, allerdings mit den Einschränkungen der Wirkungsdauer. Längere Zeit bis zu Wochen erlangt man beispielsweise mit dem Verwandlungszauber *Bärenruhe*. Ähnliches gilt für elementare Sprüche wie *Ergebenheit der Wogen*, *Klarheit des Eises*, *Freiheit der Wolken* und *Erhabenheit des Marmors*, wobei nur Letzterer unter den Magiern bekannt ist.

Prophylaktisches

- **Übernatürliches:** Ein *Physiostabilis* vermag den Leib gegen Krankheiten wie die Lykanthropie zu schützen, wobei man die Zauberei stetig fließen lassen muss. Dies mindert wiederum die Aufmerksamkeit für den Kampf. Der tägliche Genuss von Theriak soll laut Aussagen einiger Eingeweihter helfen, ein Verwandeln in einen Vampir zu unterbinden.

VI

Mögliche Lehrer und Mitstreiter

Obwohl der Fluch der Blutsauger uralt ist, fehlen namhafte Koryphäen und Standardwerke in der Literatur. Nun fragst du, warum sich kaum jemand mit diesem Thema beschäftigt? Das Erforschen vermag schnell tödlich zu sein. Weiterhin muss man sich daran erinnern, dass die Vampire einen großen Vorteil besitzen: Sie haben Zeit. Diese können sie nutzen, um schädliche Personen und Bücher zu beobachten und zu vernichten. Wir gehen aufgrund unserer Nachforschungen davon aus, dass es einige Spezialisten und Aufzeichnungen in der Historie gab, von denen aber kaum etwas überdauerte.

»Ganze Ortschaften in der Umgebung von Rommilys haben einst den Blutgierigen gehört, berichten glaubhafte Zeugen. Dort lebten die Lebensstehler Seite an Seite mit den Sterblichen. Es ist sogar von einem eigenen Königreich der Vampire die Rede: Tar'Ulah. Es soll tief unter der Erde liegen und ihre Jünger die Reiche an der Oberfläche ausspionieren. In den südlichen Gefilden sieht man die Fürsten der Nacht als gesegnete Boten der Maha Bor, welche die Heiligtümer der Todesgöttin bewachen.
Als Meister der Vampirjagd nennt Gargi Sohn des Gax eine Gilde aus Arinken, die sich dem Bekämpfen der Vampirbrut verschrieben hat. Der Primus mit Namen Balphemor Ardus besitzt ein Zimmer voller Trophäen, wo er die Köpfe seiner erlegten Gegner zur Schau stellt, einem Großwildjäger gleich. Dies widerspricht allerdings den nicht bestätigten Aussagen, dass getötete Lebensstehler sofort zu Staub zerfallen.«
—Exzerpt und Übersetzung von verschollenen Manuskripten zum Monsterhandbuch, private Sammlung, 299 v. BF

Seltene Kenner

In unserem kleinen Werk tragen wir allerlei Aussagen zusammen, auch in dem Wissen, dass nicht alles der Wahrheit entsprechen kann. Immerhin sind wir einige Schritte weiter als noch in den sogenannten Dunklen Zeiten, wo Aberglaube und Halbwahrheiten zu den Lebensräubern ihre Blüte hatten. Von den wenigen Koryphäen und Helfer, die hier folgen, haben wir die explizite Erlaubnis zum Deklarieren ihrer Namen erhalten. Denn ihnen ist ebenfalls daran gelegen, die Erkenntnisse über die Kreaturen der Nacht – also Vampire und Werwesen – zu erweitern. Ich, Magistra Aimorea Pervigilius, stehe für dich jederzeit zu einem Austausch bereit, solltest du Hilfe benötigen. Anhand der Abbildung im Buch könnt Ihr mich hoffentlich erkennen, falls unsere Wege aufeinandertreffen.

Thyella vom Gewitterturm

Schau genau hin. Dem Acidum gibt man nicht das Aqua purificata zum Verdünnen hinzu, sondern umgekehrt. Aufwendiger? Mag sein, aber so spritzt mir keine heiße Säure ins Gesicht und ich kann mein Auge behalten. Du hast hoffentlich erkannt, dass das Sehen für unsere Zauberei zu den absoluten Fundamenten gehört.«
—Mitschrift aus einer der ersten Alchimiestunden, Gewitterturm der Herzogenstadt, 1048 BF

Der Name mag dich zuerst verwirren, aber Thyella ist die neue Lehrmeisterin in Paavi nach dem kürzlichen Tod ihrer Vorgängerin Sylphoria. Viele Erinnerungen verbinde ich mit der früheren Magistra. Sie war nicht leicht zu nehmen, doch bleiben mir die erste eigene, unter Schweiß absolvierte, Analyse oder ihr hartes Lachen über mein missratenes Fingerfertigkeitselixier im Gedächtnis. Jeden Zögling spornte sie durch ihre verschrobene Weise an, seinen Weg zu gehen und sich zu behaupten. Geduld und Durchatmen lernte man gewiss; das können die Hausdiener bezeugen. Ihr Ableben hinterlässt bei mir doch einen Schmerz, der mich zuweilen schwer atmen lässt. Auch als letzte Erinnerung an sie fasse ich einen Teil unseres gesammelten Wissens für andere Jäger hier zusammen.

Aber Sylphorias Forschungen sind nicht verloren, denn glücklicherweise folgt ihr meine Collega und Freundin Thyella nach. Jene hat ihr elementares Können im thorwalschen Olport vertieft. So lernen die Eleven nicht nur die Wetterzauberei mit dem Element Luft, sondern kennen sich ebenso in der Kunst der Alchimie aus. Regelmäßig übersende ich ihr Briefe und weitere Erlebnisse, sodass sie einen Teil in den aktuellen Unterricht einfließen lässt.

Du erkennst die große Zauberin recht schnell an ihrem rotblonden Haar und den gesunden Wangen. Für einen Gefallen empfehle ich dir, sie in eine passable Gaststätte einzuladen, denn die Gute liebt ein schmackhaftes Mahl. Bestellst du noch etwas Premer Feuer dazu, bessern sich deine Karten. Wage es aber nicht, Thyella zu hetzen und gezielt auszuhorchen, dann lernst du ihre aufbrausende Seite aus Thorwal kennen. Nur vertrauensvollen Personen berichtet sie Interna und Geheimnisse, wenn es beispielsweise um Theriak und seine genauen Wirkungen geht.

Bei alten und ausgefallenen Aufzeichnungen zu den Kreaturen bist du am Gewitterturm in Paavi richtig aufgehoben.

Meist erwartet dich allerdings ein stolzer Preis oder der Auftrag als eine Gegenleistung, wie die Suche nach einer seltenen Zutat.

Prajohann von Elenvina

»Der Gleißende schenkt uns das Licht und die Standhaftigkeit wider die Nachtfürsten, Scheusale des Gefesselten. Folge mir in mein Labor und wir besprechen alles Weitere. Dank der Alchimia solis kannst auch du den Segen des Herrn bei dir tragen und seine Gerechtigkeit vollbringen. Weißt du, dass die meisten Monstren dieser Art unter den Strahlen des Herrschers Alverans vergehen? Nimm das Elixier, das die Heilige Visioluca einst schuf, und sei die Sonne selbst. Conflagrato creatura nocturna!«

—Gespräch im Ucuri-Tempel, Elenvina, 1047 BF

Der Diener des Götterfürsten hat seine Heimat in der Herzogenstadt der Nordmarken. Meist findest du ihn nicht in der Wehrhalle des Praios, sondern beim Goldenen Falkentempel im Kanzleiviertel. Frage dort nach Seiner Gnaden und dir wird bald ein Mann mittleren Alters mit einem länglichen Gesicht und ausdrucksvollen Augen gegenübertreten. Er folgt dem Pfad der Verständigung und liest bevorzugt Schriften aus vergangener Zeit, welche Ungeheuer und Bestien erwähnen. Durch sein Wissen kann er dir helfen, widernatürliche Geschöpfe, Dämonen und andere finstere Kreaturen voneinander abzugrenzen. Freilich solltest du für den Glauben an die Zwölfe eintreten, denn zweifelhafte Forscher und geldgierige Söldner durchschaut er schnell.

Ein Edelstein einer Gottheit sowie manch seltene Pflanze aus fernen Landen entlocken dem strengen Mann ein ehrliches Lächeln. Ansonsten empfehle ich dir unbedingt, vorab den Tag des nächsten Heiligen nachzuschlagen, falls du eine Lehrstunde zu den wichtigen Kirchenvätern vermeiden willst.
Hast du bereits von der Klosteralchimie oder göttlichen Kunst der Tränke gehört, welche völlig ohne Zauberei auskommt? Die Art folgt dem Prinzip der Ordnung in den Elementen, die einem göttergefälligen Ritual mit fest definierten Schritten und Gebeten gleichkommt. Grundlage ist laut Prajohann ein Werk von Geweihten, die ihre Erkenntnisse vor mehr als 300 Jahren in „Die Alchimie der Sonne" zusammenfassten, welche man heute noch vervollkommnet. Als Meister dieser Disziplin kann der Prätor dir entscheidende Helfer im Kampf gegen die Blutsauger aushändigen. Zum Abhalten der Werwesen hat er einen Trank parat, der eine versilberte Fläche als Schutz- und Schadenszone schafft.

Shenny von Mendlicum

»Heute spreche ich über Etilia, die Mutter Marbos. Einst soll sie vom Gott ohne Namen verflucht worden sein, was manche als Vampirismus deuten. Aber unser Herr, der Ewige, gab ihr das Leben zurück, auf dass sie seine Tochter gebären konnte. Darum gebt nicht auf, denn durch Boron gibt es immer Hoffnung und Erlösung.«
—Predigt zu Hilfesuchenden, Mendlicum, neuere Zeit

Auch wenn die kleine Frau mit den kurzen Haaren kaum spricht, strahlt sie im Gegensatz zu vielen anderen Dienern des Todesgottes eine gewisse Aktivität aus. In ihrem Gang schwingt stets ein Wille mit, Gutes zu tun, und ihre Augen leuchten, sobald sie auf Gläubige trifft. Da wir die Blutsauger den Unlebendigen zuordnen, gehören einige Jünger des Rabengottes wie Shenny zu den Experten auf diesem Gebiet. Die Mystikerin vermag dir tief in die Seele zu schauen und vermutlich deine inbrünstigen Wünsche zu lesen. Stockt etwa ein Weg bei der Recherche, wird die Geweihte vom Puniner Ritus dir gleich mehrere neue Türen zeigen können. Sie hat Patienten behandelt, die einen Angriff eines verfluchten Beißers überlebt haben, und kennt deren Ängste sowie das übliche Vorgehen der Lebensräuber.

Lamijanim stehlen ihren Opfern die Essenz durch einen Kuss oder das vermeintliche Rahjaspiel. Die Betroffenen kommen mit ihrer verwundeten Seele zur Borondienerin, damit sie die neuen Samen des Vertrauens in die Mitmenschen pflanzt. Es heißt, dass sie sogar Kontakte zu hilfreichen Vampiren ermöglichen kann und mit dem Brunnen des Lebens vertraut ist. Willst du Shenny eine Freude machen, solltest du ihr Reiseberichte und Bücher aus fernen Landen mitbringen, denn in der Stille des Tempels mag sie es, neue Orte im Geiste zu erkunden. Neben ihren Ratschlägen durch Träume und Prophezeiungen ist sie dazu in der Lage, die Waffe im Namen des Schweigsamen zu weihen, sofern der Träger die göttlichen Prinzipien annimmt. Obwohl kirchliche Klingen meist keinen besonderen Effekt abseits der spezifischen Schwächen durch den Fluch eines Gottes zeigen, sind bei Boron dagegen recht viele Erfolge dokumentiert.

Firnmar von Drachenwehr

»In der Dunkelheit hast du gleich mehrere Nachteile. Der Werwolf riecht, sieht und bewegt sich besser. Verschaffe dir Licht und verwirre seine Sinne, bevor du ihn mit der Silberklinge überraschst. Jeder misslungene Hieb hilft ihm, darum sei genau und entschlossen wie die Leuin. Alles andere kostet dein Leben oder macht dich zum Monstrum.«

—Erzählung aus einer Lehrmeisterstunde, Tobrien, 1046 BF

Der hoch gewachsene Elitegardist diente im Regiment Prinz Arlan an der Seite des gleichnamigen Weidener Thronerben. Im Nordheer stritt er dazu gegen die Schwarztobrier und machte sich vor allem einen Namen, als er wider die schwarzen Amazonen an der Feste Löwenstein kämpfte. Seit der Befreiung der verlorenen Lande gibt der erfahrene Streiter sein strategisches Wissen an Lernwillige auf einem Gutshof zwischen Firunsbrunn und Burg Misamôr weiter. Kaum jemand weiß, dass er gleich mehrere Werwölfe aus dem Umfeld des Dunklen Herzogs Arngrimm von Ehrenstein besiegt hat. Dabei erkrankte er durch einen Biss selbst an der grässlichen Lykanthropie, welche aber durch das rechtzeitige Anwenden vor einer Verwandlung mit dem Roten Drachenschlund geheilt wurde. Seitdem unterstützt er alle, die auf der Jagd nach Vampiren und Werwesen sind.

Von ihm kannst du lernen, wie du deine Schläge effektiv setzt. Viel wichtiger ist aber entsprechende Vorbereitung mit Heilmitteln, Waffenauswahl und sonstigen Helfern, um gegen eine solch starke und schnelle Kreatur bestehen zu können.

Firnmar fordert eine ehrliche Selbsteinschätzung, Eifer und ein passendes Entgelt. Solltest du daher lieber den Speisen und Wein frönen, könnte er dich abweisen. Tausche die durchzechten Nächte frühzeitig gegen regelmäßige Leibesübungen, damit du einen passablen Eindruck machst. Hast du Empfehlungsschreiben von renommierten Personen zur Hand, die deine Taten bezeugen, ist das gewiss vorteilhaft. Vergiss nicht, dass der Ruhm des Streiters weit strahlt und Viele Unterricht bei ihm wünschen.

Cendrasch Sohn des Turim

Der einfallsreiche Tüftler aus der Stadt Silas am Sikram gilt als einer der besten Waffenschmiede für Silberklingen. Seine Werkstatt findest du in Simiamada im Nordosten der Siedlung, wo auch der Tempel des Feuergottes steht. In seiner Jugend hat er einen Menschenfreund an eine tobsüchtige Werkreatur verloren. Seitdem widmet er sich den Waffen und Kampf wider solche Ungeheuer. Er legt großen Wert auf Sauberkeit und die korrekte Handhabung. Fehlen schon die Werkzeuge für die Pflege einer normalen Klinge, wird er dir nur ein Abwinken und Kopfschütteln schenken. Begeistere ihn stattdessen mit Neugierde an der trockenen Lagerung deines Schwerts oder der Frage nach dem besten Tuche, um es zu reinigen. Hast du Tipps aus heißen und kalten Landen gesammelt, könnt ihr euch ebenfalls austauschen. Von ihm lässt sich das Geheimnis des Silberbads erfahren, denn mit der Zeit wird das wichtige Material anlaufen und seinen Nutzen verlieren. Er hat mir ausdrücklich verboten, die genaue Prozedur zu beschreiben. Ich kann dir aber sagen, dass ein halbstündiges Einweichen in Arangensaft, gefolgt von einer wässrigen Lösung mit Pottasche, Wunder wirkt.

Zirkel und Orden

»Und es ward nicht die finstere Gegenspielerin der Liebesgöttin, welche Levthan überredete, die Fessel für Satuaria zu nehmen. In Wahrheit hatte sich aber die betörende Daimonin Madaraestra dem Rahjasohn genähert und versprach dem Selbstgefälligen, dass wirklich jede ihm zu Willen wäre. Vom Dreizehnten hatte die sechsgehörnte Shaz-Man-Yat das Erschaffen der Vampire gelernt und küsste den Ahnungslosen beim Abschied. Auf diese Weise wurde der ewige Verführer zum ersten Lamijah. Dies ist der echte Grund, weshalb er sich bei der Göttin der Hexen nicht mehr zurückhalten konnte, was wiederum den Fluch des Widderhäuptigen zur Folge hatte. So konnte seine Mutter später nur noch die schlimmere Bürde des Lebensraubs von ihm nehmen, aber die gehörnte Gestalt blieb auf ewig.«
—dunkle Variante der Levthanssage, gehört im Svelltland, 1042 BF

Es gibt vielerlei Kirchen und Orden, welche dir im Akutfall helfen. Töchter Satuarias kennen von ihrer Göttin verfluchte Vampire und sogar Druiden berichten von den Lebensräubern, die Sumu frevelten. Magierorden wie die Grauen Stäbe von Perricum und selbst manche Akademien gewähren dir mit dem nötigen Kleingeld und einem Dispens vermutlich den Zugriff auf ihre Bibliotheken oder zumindest wichtige Auszüge aus relevanten Werken. Sei mit den Forschungen aber nicht zu offen, denn die Blutsauger haben häufig Helfer und sind gut vernetzt. Auf diese Weise würdest du sie warnen und dich samt deinen Begleitern in Gefahr bringen. Interessant sind vor allem die „Trollzacker Manuskripte“, das bereits erwähnte „Monsterhandbuch“ sowie private Niederschriften oder Berichte von Augenzeugen, sofern dir diese Kenntnisse noch fehlen.

Ressourcen

Bescheidenheit ist weder bei Vampiren noch bei Werwesen eine Zier. Diese Gegner sind durchweg übernatürlich stark, schnell und wehrhaft. Frage daher bei allen vertraulichen Gelegenheiten nach, ob man deine Vorräte auffüllen kann oder dir eine andere Unterstützung geben kann. Diese Ungeheuer bedrohen viele Mitmenschen, sodass du meist auf positive Resonanz triffst.

VII

Was Hilfe verspricht

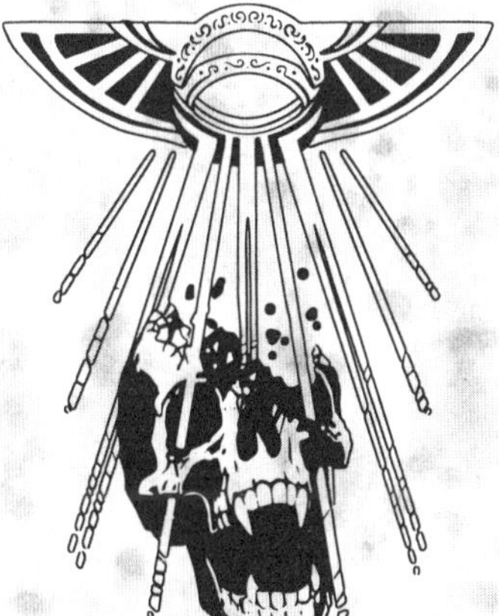

Ein schlecht ausgerüsteter Jäger ist ein toter Jäger, sagt man sich Fachkreisen. Und diese Weisheit ist bei Weitem kein Mumpitz: Spart man an den richtigen Hilfsmitteln gegen Blutsauger und Werwölfe, kann man auch gleich jegliche Vorbereitung sein lassen und ein frisches Grab beim Borongeweihten seines Vertrauens erbitten. Im Verlauf meiner langjährigen Forschungen und Jagdausflüge haben sich einige dieser Mittel als besonders nützlich erwiesen – ein Erfahrungsschatz, den ich an dieser Stelle gerne teile.

Spiegel

Beginnen wir mit dem Offensichtlichsten: der Spiegel. Der Fluch raubt dem Vampir sein Gegenbild, was ihn im richtigen Moment erkennbar von einem Sterblichen unterscheidet. So kann man vor einem Treffen mit einem Verdächtigen durchaus auch mehrere Reflektoren in einem Raum anbringen, um bestenfalls alle Blickwinkel abzudecken. Zwar sind sich die meisten Vampire dieser Schwachstelle in ihrer Tarnung bewusst, doch mit genügend List kann ihnen so eine effektive Falle zur Enthüllung gestellt werden. Grundsätzlich sei jedem Vampirjäger geraten, zumindest einen Handspiegel mit sich zu führen, um sicherzugehen, wenn der Augenblick der Wahrheit gekommen ist. Notfalls reicht auch eine auf Hochglanz polierte Klinge aus blankem Stahl oder Silber, die zum rechten Zeitpunkt gezückt eine Kreatur der Nacht enttarnt. Allerdings gilt es hier, achtsam zu sein und seine Lehrstunden gemacht zu haben: Jagst du einen Lamijah, kann man sich auf diesen Kniff nicht verlassen, haben diese doch meist die Eigenart, ihr Spiegelbild nicht zu verlieren.

Blutblatt

Das Blutblatt ist eine außergewöhnliche Pflanze, ein Strauch mit roten Beeren und purpurnen Blättern, welcher sich von arkanen Kräften ernährt. Ein mitgeführter Zweig kann es ermöglichen, auf magische Strahlungen aufmerksam zu werden: Spürt das Kraut eine Quelle besonders starker Zauberei, blüht es auf und alarmiert damit seinen Träger. Das ist eine äußerst nützliche Fähigkeit, gerade auf der Jagd nach solchen Wesenheiten. Ich selbst konnte diese Pflanze bisher nicht in der Praxis einsetzen, benötigt sie doch einen steten Fluss der Sternenkraft. Daher übernimmt diese Aufgabe oft meine Mitstreiterin, die Magierin Aimorea Pervigilius, weil das Gewächs in ihrer Nähe weiter existiert. Fehlt eine astrale Quelle, verdorrt es langsam.

Schlangenzünglein

Ein weiteres, spannendes Kraut ist das seltene Schlangenzünglein, welches in südlichen Sümpfen, Marschen und Mooren, vor allem auf der Insel Maraskan, zu finden ist. Aus einem fahlen, grauen Blätterrumpf erwächst die knapp zwei Spann lange, grüne Pflanze mit ihren gelben Sprenkeln. Aus ihrem Kopf hängt ein rotes, einer Schlangenzunge nicht unähnliches Blatt, das dem Gewächs seinen Namen gibt. Besonders aber ist sein weißer Saft, der sich rot färbt, sobald er mit Magie in Kontakt kommt. Selbst ein Abstand von fünf Schritt kann schon reichen, damit dieser Effekt eintritt. Dies eignet ihn perfekt, um magisches Wirken aufzudecken, welchem sich Vampire nicht selten bedienen – und das ganz ohne vom Jäger zu verlangen, irgendwelche Zauberei zu beherrschen. Ich kann nur empfehlen, stets ein Fläschchen mit haltbar gemachtem Schlangenzüngleinsaft bei sich zu tragen, am besten aus einem magieabweisenden Material, um falsche Alarme zu vermeiden.

Tiere

Nicht selten reagieren domestizierte Tiere (oder gar hexische Begleiter) auf die Präsenz von Vampiren und Werwesen. Ich vermute, es ist die natürliche Reaktion von Beute auf ihren

Jäger, das Jagdwild, welches vor dem Raubtier scheut. Was es auch sein mag, einen entsprechenden tierischen Gefährten bei sich zu haben, und sei es nur in einem Käfig, hat sich stets als nützlich erwiesen, um unangenehme Überraschungen, vor allem während der Nachtruhe, zu vermeiden.

Weißdorn

Der Weißdorn, auch Hagedorn oder Heckendorn genannt, gedeiht vor allem in nordischen und mittelländischen Grasländern und Steppen. Er wächst als Strauch und ähnelt ein wenig einem Rosenbusch, mit den kleinen, weißen Blüten. Sein Zweck ist für unsereiner jedoch nicht sein hübsches Antlitz, sondern dass er nach der Ernte einen fauligen Geruch ausströmt, den die Blutsauger nicht ausstehen können. Auf diese Weise vermag er sogar, sie auf Abstand zu halten. Da der Gestank nur ein halbes Stundenmaß anhält, sollte er besser zu einem Mazerat verarbeitet werden. Mehrfach in Wasser eingelegt, kann es, Weihwasser gleich, versprengt werden, entweder auf den Boden oder auf die blutgierige Bestie selbst.

Egelschreck

Rät dir jemals jemand, das Pflänzlein zur Abwehr von Vampiren zu verwenden, weil es gegen andere Blutsauger hilft, will er dich ordentlich an der Nase herumführen. Das ist ein sich haltender, trügerischer Irrglaube, der schon so viele Jäger das Leben gekostet hat, dass es mich mit Scham erfüllt! Es gilt also der Leitsatz: Finger weg vom Egelschreck!

Alchimistische Hilfsmittel

Neben den offensichtlichen Elixieren im Repertoire eines Jägers, wie etwa Heiltränken oder Schmerzpastillen, will ich hier vier spezielle Arten von Tränken und Erzeugnissen ans Herz legen. Diese leisten mir stets treue Dienste bei der Jagd auf die Verfluchten.

Eulentränen

In die Augen getropft, vergrößert dieses Alchimikum die Weite der Pupillen, sodass man im Dunkeln deutlich besser sehen kann. Gemessen daran, wie viele Jagden in der Finsternis der Nacht stattfinden, halte ich solche Hilfsmittel für einen unabdingbaren Teil der Ausrüstung eines erfolgreichen Jägers. Noch dazu ist es, im Vergleich zu anderen Mittelchen, mit einem Preis von wenigen Dukaten recht günstig.

Hylailer Feuer

Persönlich liebe ich ja den Duft von Hylailer Feuer um Mitternacht. Dieses Zeug kommt direkt aus den Niederhöllen, ist allerdings schwer zu besorgen. Nur fähige Alchimisten können es herstellen und meist ist der Handel damit stark reguliert. Hast du darauf Zugriff, lass es nie wieder los – außer, um es zu werfen, natürlich. Die ölartige Flüssigkeit wird oft in Granatäpfel gefüllt und auf den Gegner geschleudert, der dann lichterloh in Flammen aufgeht. Dieses Feuer ist kaum noch löschbar, denn es breitet sich immer weiter aus und verbrennt Fleisch, als wäre es Pergament. Das macht es zu einem erstklassigen Mittel, um den Regenerationsfähigkeiten der Verfluchten beizukommen. Pass aber gut auf, dass du dich nicht selbst in Brand steckst, und vertraue nicht zu sehr auf den Erfolg: Hast du Pech, entzündet es sich beim Aufprall nicht. Dann heißt es rennen, denn du hast gerade einer blutsaugenden Bestie eine Kugel an den Kopf geworfen – meistens nehmen sie das persönlich.

Bannstaub

Eifersüchtig von der Kirche des Götterfürsten gehütet wird der durch die Alchimie der Sonne hergestellte Bannstaub. Das ist ein goldenes Pulver, welches seinem Opfer die astrale Kraft entzieht. Gerade bei zaubermächtigen Vampiren zeigt sich das als mächtige Waffe, die den Unterschied zwischen Leben und Tod des Jägers (und des Bluträubers) ausmachen kann. In meinen langen Jahren der Jagd habe ich mir deswegen sogar einen Dolch mit einem Giftkanal anfertigen lassen, in welchen ich die Substanz mit einer geringen Menge Wasser fülle, damit sie gerade flüssig ist. Sticht man ausreichend tief in den Leib des Verfluchten, gelangt das Fluid sofort in dessen Blut und lässt ihn fortan keinen einzigen Funken arkaner Kraft mehr wirken. Wie beim Hylailer Feuer ist das Besorgen eher schwer. Möglicherweise kann dir Prajohann von Elenvina hierzu weiterhelfen. Bedenke jedoch, dass Bannstaub äußerst kostspielig ist und sein Einsatz daher wohlüberlegt sein sollte.

Waffenbalsam

Mit Balsamen kann man Klingen bestreichen, um sie kurzfristig zu verbessern. Das ist eine einfache und effiziente Weise, die Überlebenschancen eines Jägers zu erhöhen. Dabei spielt es kaum eine Rolle, ob es sich um magische oder gar göttliche Tinkturen handelt. Am Ende der Nacht gilt es vor allem, jeden Vorteil zu nutzen, wenn man sich der Finsternis stellt. Und wer will schon hören: „Dieser dort starb, weil er seine Waffe nicht eingerieben hatte"?

Übernatürliche Hilfsmittel

Ist man des Zauberns mächtig, ein geweihter Diener der Zwölfe oder ihrer Kinder, steht eine durchaus flexible Palette an unterschiedlichsten, teils übernatürlichen Mitteln zur Verfügung. Mir selbst ist dies, wie bereits erwähnt, verwehrt, doch habe ich mich in meiner Zeit als Jäger von mannigfaltigen Magiern und Kirchendienern beraten lassen. Jemandem wie mir bleibt meist nur übrig, einen Kundigen als Gefährten zu gewinnen beziehungsweise für seine Dienste zu bezahlen. In wenigen Fällen mag es ratsam sein, ein magisches Artefakt von einer der Akademien für teures Geld zu erwerben. Zuweilen nützt es auch, eine der Kirchen mit einer großzügigen Spende davon zu überzeugen, dass man einen kleinen Talisman für die Dauer der Jagd ausleihen darf.

Sehr vielfältig sind die Spielarten der Zauberei und die Wunder des Götterwirkens. Ferner sind die Situationen zu komplex, sodass selbst ein einfacher Zaubertrick das Zünglein an der Waage sein könnte. Einige ausgewählte Hilfsmittel der arkanen oder klerikalen Natur möchte ich dennoch hier aufzeigen, um wichtige Empfehlungen nicht zu vernachlässigen.

Zum Aufspüren der Kreatur

Der Cantus des *Exposami* kann, von der Hand eines kompetenten Zauberers gewirkt, nach gesunden sowie kranken Lebewesen suchen. So ist feststellbar, ob ein Verdächtiger möglicherweise an Lykanthropie erkrankt ist. Sei trotzdem vorsichtig: Der Zauber zeigt uns nicht, an welchem Gebrechen der Untersuchte leidet. Denn wir wollen doch niemandem wegen einer Erkältung einen Silberbolzen ins Herz jagen.
Ähnliches vollbringt der geschulte *Blick des Heilers* von Perainegeweihten. Will man hingegen herausfinden, was genau den Erkrankten befallen hat, ist die druidische Fähigkeit nötig, Pestilenzen zu erkennen. Zauber aus dem Gebiet der Hellsichtsmagie wie *Odem Arcanum*, *Analys Arkanstruktur* oder der *Oculus Astralis* sind hilfreich, einen Verfluchten zu enttarnen. Dabei ist die geringe Reichweite der Sternenkraft oft problematisch. Manche Vampire sollen sich gegen derartige Zauberei schützen, falls sie unter Verdacht stehen. Bei Lykanthropen ist die Fachmeinung noch unterschiedlicher. Deshalb ist hier wahrscheinlich ein wahrhaftiger Meister dieses Fachs erforderlich.

Zum Schutz vor der Kreatur

Kundige Schamanen sind in der Lage, durch die Anrufung der Kraft ihrer Ahnen *Bannzonen* gegen Vampire zu erschaffen, so wie insbesondere jene Glaubensführer der Nivesen. Auch die Geweihten des Herrn Boron können einen *Bann wider Untote* aussprechen. Den Göttern zum Dank schließt dieser ebenso die blutsaugenden Bestien ein. Dadurch schafft derlei karmales Wirken eine lebensrettende Distanz zwischen der Kreatur und ihrem Jäger. Gleichermaßen tauglich können auch Kugelzauber der Gildenmagie sein, welche einen Schutz vor allerlei Unleben bewirken.

Nützliches für die Jagd auf die Kreatur

Neben einfacheren Zaubern wie dem *Reflectimago*, welcher die Hand des Zaubernden in eine Spiegelfläche verwandelt und damit das Fehlen eines echten Spiegels ausgleichen kann, ist mir bei meinen Beratungen ein besonderes Kuriosum untergekommen.

Die in der Alchimie bewanderten Schwarzmagier erschaffen Homunculi, kleine Dienerwesen, welche bei mir den Eindruck hinterlassen haben, ein ganzer Werkzeugkasten für die Vampirjagd zu sein. So können sie nicht nur wie eine Art Kompass zu Gefahren dienen und sogar rettende Elixiere in sich speichern. Nein, wie es scheint, werden sie bei ihrer schwarzkünstlerischen Geburt bereits im Blut ihres Schöpfers gebadet, nehmen Teile davon auf. Daher scheinen sie sich mir hervorragend als kleine, runzelige Lockvögel für unsere blutdürstenden Widersacher zu eignen.

VIII

Sei der Scharfrichter

Kommen wir zum Eingemachten: Eine Bestie aufzuspüren und zu wissen, was sie ausmacht, ist schön und gut. Doch sie zur Strecke zu bringen, steht auf einem gänzlich anderen Blatt. Die Kreaturen der Nacht sind mörderische Monster mit einer Kampfeskraft, welche die eines Menschen bei Weitem übersteigt. Noch dazu zeichnen sie sich durch eine starke Resistenz gegen allerlei Waffen aus und können sich von geschlagenen Wunden binnen Augenblicken erholen. Natürlich gilt als Faustregel, stets die individuellen Verwundbarkeiten des Wesens zu enthüllen, bevor man sich ihr im Kampf stellt. Dann setzt jeder Jäger ihre Schwächen effizient wider die Kreaturen ein. Werfen wir also einen Blick auf die speziellen Verletzbarkeiten der Verfluchten, sowie auf die Wahl der geeigneten Waffen.

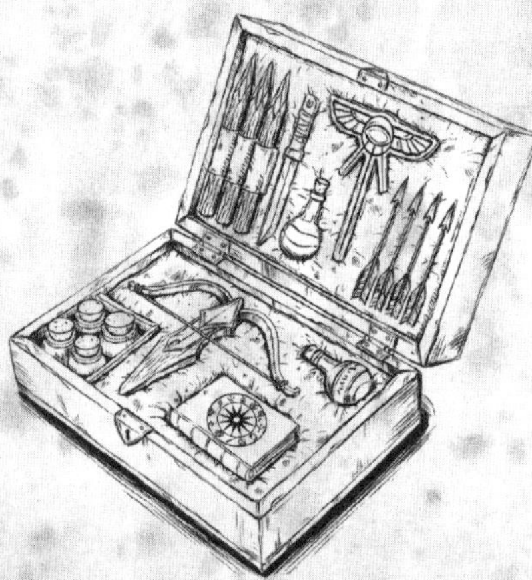

Fluch	Schwachstellen
Praios	Sonnenlicht, Bosparanienholz, Praiosblume, Gilbornskraut, Bernstein, Zitrin
Rondra	Eichenholz (auch Steineiche), Schwertlilien und Rondrazahn, Smaragd und Rubin, Löwenauge
Efferd	Weihwasser (bestenfalls Regenwasser), Aquamarin und Mondstein, Zedernholz und Seerosen
Travia	Buchenholz, Lindenholz, Saphir
Boron	Bestattung, Ebenholz, Weihrauch, Schwarzer Karneol
Hesinde	Zauberei und magische Waffen, Alchimie, Blutulmenholz, Onyx, Salz, Serpentin
Firun	Eiszapfen als Pflockersatz, Schnee, Kiefernholz, Firunsföhrenholz, Bergkristall
Tsa	Kirschbaumholz, Opal
Phex	Eibenholz, Sternanis, Türkis (nicht die Farbe, der Stein!)
Peraine	Apfelbaumholz, Knoblauch, Honig, Zwiebeln, Lauch (?), Achat
Ingerimm	Tannenholz, frisches Schmiedewerk, Schmiedefeuer, Rubin
Rahja	Rotwein, Rosenholz, Amethyst und Rosenquarz
Aves	bunte Vogelfedern, Lapislazuli
Ifirn	Schnee, Birkenholz, Waldmeister, Jaspis

Fluch	Schwachstellen
Kor	Skorpiongift, Blut, Kornelkirsche, Koriander, schwarzer Topas
Levthan	Wein, Muskatenbaum, Levthansmorchel
Mada	Mondlicht, Mondsilber
Marbo	Tränen, Marbobeere, Granat
Nandus	Alicorn, Tamarinde, Pfeffer
Swafnir	Meerwasser, Tran (?)
Angrosch	wie Ingerimm
Mailam Rekdai	Knochen, Federn, Holz
Himmelswölfe	Birke, Wolfsmilch
Kamaluq	Jagdtrophäen, Mohagoni
Mokoscha	Bienen, Eberesche, Honig
Natûru-Gon	Elfenbein, Jagdtrophäen
Rastullah/ Raschtul	Diamantstaub, Bernstein, Dattelpalme
Satinav	Knochenstaub, Asche, Rost
Lykanthropie	Silber

Profanes

Mit einem Blick auf diese Verletzbarkeiten ergibt sich der Nutzen einiger Gegenstände im Kampf. Dazu zählen die Symbole der verfluchenden Gottheiten, wie etwa das Sonnenauge des Götterfürsten oder das Boronsrad unseres Herrn des Todes.

Gleichermaßen effizient zeigen sich angespitzte Pflöcke aus dem Holz heiliger Bäume der Kirchen. So hilft beispielsweise ein Eibenholzpflock gegen phexverfluchte Vampire oder ein Tannenholzpflock bei jenen, die den Zorn Ingerimms auf sich gezogen haben. Der Pfahl mag, ins Herz der Kreatur gerammt, allein schon todbringend sein. Doch hier sei bedacht, dass dies eine gewisse Tuchfühlung mit dem Blutsauger bedingt und den Jäger direkt in die Reichweite seiner Fänge zwingt. Denke ebenfalls daran, dass du das Holz von manch heiligen Bäumen nur mit Erlaubnis ernten darfst. Also muss man mehrfach Vorsicht walten lassen!

Auch eine Kette mit Knoblauchzehen zur Abwehr der Perainebverfluchten hat bisher noch nie einen Jäger umgebracht und ist bedingungslos zu empfehlen. Von aufgetragenen Duftwassern aus Knoblauchöl rate ich persönlich ab, haben sie doch die Angewohnheit, schnell Freundschaften zu beenden.

Eine Flasche Rotwein bei sich zu tragen, hellt hingegen nicht nur die Stimmung auf, sondern zeigt sich auch als wirkungsvolles Mittel gegen von der schönen Göttin Rahja verfluchte Biester. Will man aber einen von Hesinde gestraften Vampir davon abhalten, einen Ort zu verlassen – denn das eigenständige Wählen des Kampfplatzes bringt Vorteile – ist es hilfreich, die Ausgänge wie Türschwellen oder Fensterbretter mit feinen Linien aus Salz zu versehen. Dem Lebensräuber bleibt verwehrt, diese zu übertreten!

Letztlich gibt es eine wagemutige Theorie, die ich selbst noch nicht im Feldversuch bestätigen konnte: Ein vom Wüstengott verdammter Blutsauger soll vollkommen paralysiert und regungslos werden, wenn es gelingt, ihm eine Handvoll von Wüstensand auf eine der Schultern zu streuen. Dies wäre ein wahrhaftig mächtiges Instrument zur Bekämpfung dieser Verfluchten, falls es stimmt!

Hauen und Stechen

Früher oder später wird ein Jäger es nicht vermeiden, sich der gejagten Kreatur im Nahkampf zu stellen. Dann kann man nur hoffen, treuen Stahl bei sich zu tragen und auch zu wissen, wie man damit umgeht. Ich rate deswegen, immer eine Auswahl an Nahkampfwaffen mit sich zu führen, wird man doch schnell mal entwaffnet oder hat nicht die rechte Klinge für den passenden Moment bei sich. Und unbewaffnet, nein, wehrlos möchte man einem Verfluchten in keinem Fall gegenüberstehen!

Blanker Stahl

Hier eine richtige Wahl ans Herz zu legen, ist praktisch unmöglich. Es ist wichtig, dass der Jäger seine Waffe nicht schwingt wie ein Tölpel, sondern sie fachmännisch zu führen weiß. Noch so gute Vorbereitung wird dir nicht helfen, wenn du nicht einmal in der Lage bist, eine Strohpuppe niederzustrecken. Und die Auswahl ist groß. Seien es Klingenwaffen wie ein- oder zweihändig geführte Schwerter sowie Rapiere, Schlagwaffen wie Streitkolben, Äxte beziehungsweise Dornenhämmer, auch Stangenwaffen wie Lanzen oder Speere:

Rondra und Kor segneten uns mit einem ganzen Arsenal an Mordwerkzeugen, welche man gegen die Kreaturen der Nacht ins Feld führen kann. Achte nur stets darauf, dass sie gut in Schuss bleiben und du sie immer reinigst sowie pflegst. Der Vampir wird sich nicht wegen deiner rostigen Klinge totlachen, das kann ich an dieser Stelle versprechen.

Silber

Beim Kampf gegen Werwesen hat sich Silber in jeder Variation bereits mehrfach in der Praxis bewährt. Das Edelmetall verletzt die mondsüchtigen Bestien mehr als alles andere und schlägt ihnen Wunden, welche selbst ihre niederhöllischen Regenerationskräfte nicht zu schließen vermögen. Das Problem ist an dieser Stelle lediglich, dass das Argentum eine undankbare Göre unter den Metallen ist. Es ist eigentlich ganz und gar nicht dazu geeignet, geschmiedet zu werden. Eine Klinge aus reinem Material gegen ein Schwert aus Stahl zu führen, wäre der sichere Tod des Silberträgers. Doch wir wollen die Waffen den Göttern sei Dank nicht wider die üblichen Unholde schleudern, sondern in das Fell der Werwesen rammen, weshalb es dennoch durchaus nützliche Möglichkeiten gibt:
Eine Silberverkleidung oder das Bad im geschmolzenen Edelmetall und ein anschließendes Schleifen bringen dir den gewünschten Effekt und schränken gleichzeitig die Bruchfestigkeit der Bewaffnung nicht ein. Zwar wird das Silber noch immer nach einigen Anwendungen brüchig und ist regelmäßig zu erneuern, doch irgendeinen Tod muss man ja sterben. Oder besser gesagt: Irgendeinen Tod muss der Werwolf sterben.

Bernstein

Nachdem eine auffällige Mehrzahl der Vampirbrut durch den Herrn Praios verflucht wurde, sind aus Bernstein gefertigte Waffen eine interessante Option, die ein Jäger in Betracht ziehen sollte. In den fernen Landen der Tulamiden wird die Herstellung von Bewaffnung aus diesem Material seit Kurzem vermehrt vorangetrieben. Weswegen genau, kann ich leider nicht berichten, doch scheint es etwas mit den riesigen Insekten zu tun zu haben, die in dieser Gegend neuzeitlich aufzutauchen scheinen. Bei der Suche nach diesem Stein hast du möglicherweise im Kloster Auridalur bei Glyndhaven oder in Festum ebenfalls Erfolg. Eine solche Klinge hat jedoch einen großen Nachteil: Wie auch Silber ist Bernstein schlicht und ergreifend nicht dafür gemacht, im Kampf standzuhalten. Die Waffe mag leicht brechen oder anderweitig den Dienst versagen. Und das, obwohl das Götterharz verphext teuer ist. Der Einsatz will also gut überlegt sein.

Zum Schießen

Nutzt du hingegen eine Waffe im Fernkampf, ist es gleich, was du bevorzugst: Bogen, Armbrust, Schleuder oder gar die auf engem Raum praktische horasische Balestrina. Hier kommt es gänzlich auf die Geschosse an, derer man sich bedient. Munition aus speziellen Materialien, wie silberbeschichtete Pfeile, Bolzenspitzen aus besonderen Edelsteinarten sowie hohle Tonkugeln, befüllt mit für den Verfluchten verletzenden Substanzen. Die Möglichkeiten sind schier endlos. Auch Mixturen aus Teer und Pech können hier hilfreich sein, um die Stoffe dauerhaft an Körper, Kleidung

oder Fell der Kreatur anhaften zu lassen. Meine Armbrust hat ein Kundiger abgeändert, mit einer breiteren Sehne und einem dickeren Schaft versehen. Das erlaubt mir, Holzpflöcke zu verschießen und damit die tödliche Nähe zu den Blutsaugern zu vermeiden.

Ausgefallenes

Auf unseren Reisen sind mir auch noch andere, ausgefallenere Bewaffnungen untergekommen. An dieser Stelle möchte ich aus meinen Notizen aufzählen:

Die Peitsche

Eine Dame aus dem almadanischen Fürstentum zeigte mir einst eine Sonderanfertigung, mit welcher sie Jagd auf Lykanthropen machte. Es handelte sich dabei um eine mit geschärften Silberbeschlägen versehene Fuhrmannspeitsche. Das Leder soll sich damit um die Gliedmaßen des Werwesens schlingen lassen, während sich die Spitzen tief in das Fell bohren und ihre zerstörerische Wirkung entfesseln.

Das Netz

Aus dem al'anfanischen Imperium hingegen kennt man die Geschichte von einem Helden ohne Namen, der einen Werpanther mit einem mit Silberfäden durchzogenen Netz gefangen genommen haben soll. Ich kann mir das nur damit erklären, dass die Kreatur bereits geschwächt wurde, wäre sie sonst doch sicherlich stark genug gewesen, das Geflecht zu zerreißen.

Geweihter Stahl

Trotz des Götterfluchs, der auf den blutsaugenden Bestien lastet, sind geweihte Waffen grundsätzlich nur ebenso nützlich wie die normalen Exemplare. Eine Ausnahme bilden hier jedoch die Klingen der Kirche des schweigsamen Gottes. Die Diener Borons, vor allem jene, die dem Pfad Golgaris folgen und sich auf die Vernichtung der Wesenheiten des Unlebens verschworen haben, kennen Wege und Riten, mit ihren Waffen immensen Schaden gegen Vampire anzurichten. Die Idee, sich einen der kirchlichen Rabenschnäbel auszuleihen, hatten schon viele vor dir und werden sicherlich einige nach dir haben. Doch leider scheint sich diese Kraft nur in den Händen von geweihten Dienern des Raben zu entfalten.

Zauberstahl

Auch verzauberter Stahl, von Magiern in verschiedensten Städten zu horrenden Preisen angeboten, ist zur Jagd auf Vampire und Werwölfe nicht besser geeignet als herkömmliche, unmagische Waffen. Eine Ausnahme bilden hier jedoch die magischen Metalle, wie etwa die seltenen Klingen aus Enduriumlegierungen. Diese zeigen sich ebenso gefährlich bei Werwesen, wie es bei Silber der Fall ist. Vielleicht hat es etwas mit dem Material selbst zu tun, ob sie aus dieser Welt stammen, ob Mada sie einmal berührt hat – wer weiß das schon. Wichtig ist für uns an dieser Stelle nur, ob es hilft oder nicht.

Eine gute Verteidigung

Natürlich reicht es nicht, ein Waffenarsenal mit sich zu führen, um die Kreatur zu vernichten. Nein, zuerst muss der Jäger lange genug überleben, damit er es auch einzusetzen vermag. Die Verfluchten können einen Menschen bei lebendigem Leibe zerreißen. Werwesen fressen dich mit Haut und Haaren. Selbst, wenn sie uns Sterbliche nicht verschlingen oder dir das Fleisch von den Rippen fetzen, ist ihre Lykanthropie höchst ansteckend. Auch dem Biss eines Vampirs gilt es zu entgehen, genauso, wie jede sonst erlittene Wunde den Jäger schwächt. Die einfachste Möglichkeit zum Schutze ist der Schild. Selbst wenn du ihn nicht gewohnt bist, lohnt es sich, irgendetwas zwischen dich und die todbringenden Klauen zu bringen. Hast du genug Vorbereitungszeit und bekämpfst einen der Blutsauger, könntest du die Bedeckung sogar aus einem der heiligen Hölzer der Götter anfertigen lassen, je nach Verfluchung der Bestie. Ansonsten hilft es nur noch, wendig zu sein, sei es mit der Klinge oder auf den Füßen.

Rüstungen

Bist du nicht flink, musst du schlau sein. Und ein kluger Jäger trägt eine Rüstung. Dabei ist es wichtig, auf die Gliedmaßen zu achten, denn die mögen die Beißer besonders gern: An Armen und Beinen lassen sich Kettengeflecht und Plattenrüstung verbinden und stellen einen überlebenswichtigen Schutz gegen die Kreaturen der Nacht dar. Vergiss aber nicht, einen Gambeson darunter zu tragen. Denn es hilft nicht, sich vor den Kratzern einer Pranke zu bedecken, wenn dir die Wucht des Schlages sämtliche Knochen bricht. Das Ensemble vervollständigt dann ein Ketten- oder Plattenkragen, Letzterer freilich am besten mit einer Halsberge. Blutsauger und Lykanthropen greifen gern die Kehle an, sodass hier dicker Stahl Leben retten kann. Manch einer lässt sich den Kragen noch mit Silber beschichten. Durch den Biss verletzt das Werwesen sich selbst statt den Jäger. Auch an dieser Stelle aufgetragenes Weißdorn-Mazerat mag erfolgversprechend sein, hält es den Vampir doch gleich vollständig davon ab, hier zubeißen zu wollen. Ferner empfehle ich selbst jedem, der sich auf die Jagd nach einem Verfluchten begibt, ein Bildnis eines Schutzheiligen an Hut oder Rüstung anzubringen, wie etwa eine Ikone des heiligen Sankt Gilborn von Punin, dem Patron gegen allerlei finstere Wesen. Nichts schützt besser als der Segen der Zwölfgötter!

Hier magst du von eigener Hand ergänzen

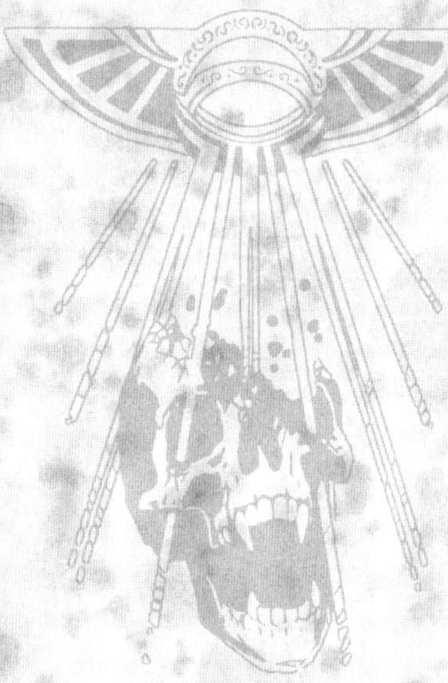

IX

Menschen auf der Jagd

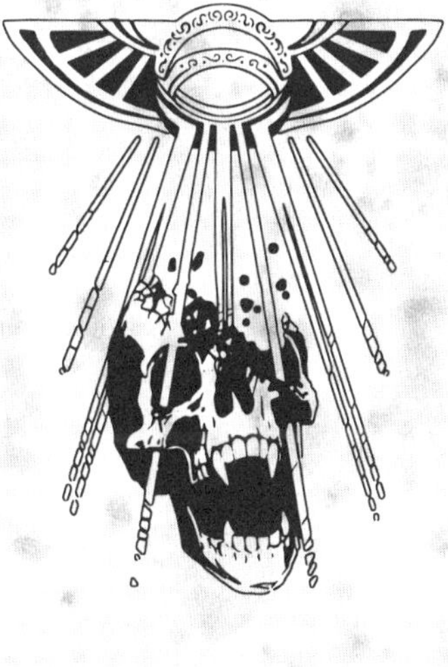

Wer schließt sich uns an, die finsteren Kreaturen der Nacht zu verfolgen und zur Strecke zu bringen, und warum? Ich kann dir sagen, dass es nicht den einen Archetypus gibt. Der Zufall lässt sich für diesen Weg meist ausschließen, denn Vampire und Werwölfe gehören zu den speziellen Wesenheiten, mit denen man sich aus einem gewissen Grund beschäftigt. Oft spielt eine persönliche Betroffenheit eine Rolle, sei es ein Angriff auf die Familie oder auf Bekannte. Jedem Jäger sollte klar sein, dass man es mit gefährlichen und tödlichen Gegnern zu tun hat. Hast du also Angehörige und willst eher für sie da sein, gilt es, das unberechenbare Risiko zu berücksichtigen. Wir danken allen, die sich unserem Pfad anschließen, denn das gemeinsame Vorbereiten und Vorgehen gehört zu den starken Waffen gegen die Ungeheuer. Man kann sich, abhängig von den eigenen Interessen und Fähigkeiten, unterschiedlich einbringen. Daher haben wir hier für euch eine Auswahl zusammengestellt, welche Gebiete unsere Ermutigungen finden.

Blutlinienforscher

Diese Gruppe nimmt neue Sichtungen von Blutsaugern und Werwesen in einem Dorf, einer Stadt sowie deren Umgebung auf. Daher gehören sie meist zu den ersten Jägern, die mit Betroffenen und Hinterbliebenen sprechen und jene befragen. Anschließend fassen sie ihre Erkenntnisse und offenen Fragen in Mitschriften zusammen. Daraus entstehen zudem Karten über Angriffe, die Gebiete und Sammlungen der Zeugenaussagen. Sie haben auch einen Übersichtsbogen für Jäger entwikkelt, der wichtige Details zusammenfasst. Ziel ihrer Arbeit ist es, Spuren und Fährten der Verursacher zu finden. Denn bei nahezu allen Lebensräubern und Werwesen gibt es Querverbindungen, wenn eine Kreatur ein neues Exemplar erschafft. Also stöbern sie in Chroniken der Familien, Ahnentafeln und Stammbäumen, um weitere Erkenntnisse zu bekommen, woran du sie auch zu erkennen vermagst.

Nun fragst du dich, weshalb das wichtig ist. Vampire besitzen keine Nachkommen, sodass sie irgendwann ihren eigenen Tod und einen Erben vortäuschen müssen. Sieht der Nachfolger plötzlich seinem Vorfahren zum Verwechseln ähnlich und treten beide nie zusammen auf, wirft das Fragen auf. Aufgrund des langen Daseins haben einige Lebensräuber Reichtümer und Besitz angesammelt, um sich vor den durchaus neugierigen Menschen abschotten zu können. Manche Blutsauger haben sich im Laufe ihrer Existenz kreative Täuschungen einfallen lassen. Hierzu zählen Masken mit Zauber aus dem Gebiet der Illusionen, die das Antlitz verändern, sowie selbst entwickelte Zaubereien. Werwesen sollen dagegen Kinder bekommen können, jedoch besteht immer eine Gefahr, die eigene Familie zu töten. Daher liegt die Vermutung nahe, dass sie die Nahestehenden ebenfalls mit der Lykanthropie infizieren und gemeinsam als Clan leben.

Sei aber mit frühen Bezichtigungen vorsichtig. Übereifrige Jäger sorgen dafür, dass Unschuldige leiden und sterben. Manche Forscher werden selbst angeklagt, wenn sich ihre Vorhaltungen als falsch erweisen.

Rechtschaffene

Im Rahmen der göttlichen Ordnung verehren wir Praios für das Recht und die Gerechtigkeit. Vampire und Werwesen greifen aber ahnungslose Menschen an, verletzen und töten sie sogar. Ihre widernatürliche Existenz und das unbillige Morden stehen im Widerspruch zum Glauben an die Zwölfe, vor allem Boron, Tsa und Peraine. Deshalb haben sich jene Anhänger vorgenommen, die Monstren von dieser Welt zu tilgen. Entweder sind sie über die Kirchen auf den Pfad der Jäger aufmerksam geworden oder mussten persönliche Erfahrungen mit den Kreaturen der Nacht machen. Dann ist es denkbar, dass einige die innere Gerechtigkeit suchen, um Blutsauger und -reißer für ihre Taten zu bestrafen. Diesen Mitstreitern ist es sehr wichtig, die Welt von einem finsteren Ungeheuer befreien zu können, da der Erfolg sie im Inneren zufriedenstellt. Zu ihrem Gepäck gehören Figuren der Götter, Talismane sowie Gesetzes- und kirchliche Bücher, aus denen sie oft auswendig rezitieren. Bisweilen haben die Rechtschaffenen mit Unterstützung der Kirchen auch geweihte Gegenstände oder gesegnete Tränke bei sich.

Streiter

Vampire und Werwesen besitzen immense und übernatürliche Kräfte, wie man es an der Geschicklichkeit sowie der unsichtbaren Rüstung feststellen kann. Daher sind mehrere unter den Jägern, die das Messen mit einer Nachtkreatur als Wettbewerb und besondere Herausforderung ansehen. Hierfür trainieren sie regelmäßig in der freien Zeit ihren Körper und Geist, um der Jagd tatsächlich gewachsen zu sein. Vor allem genießen sie die Atemzüge der Spannung und den konkreten Moment, wenn Vampire oder Werwesen in der unmittelbaren Nähe sind. Diese Getreuen haben häufig eine kämpferische Ausbildung hinter sich, wie beispielsweise Krieger, Ritter und Schwertgesellen. Zum Teil triffst du ebenso auf Söldner, die neue Aufgaben suchen. Meist handelt es sich um stillere Gesellen, da sie sich auf ihre Bestimmung fokussieren und hierzu Strategien sammeln. Jene fordern ihren Körper absichtlich durch Aktivitäten heraus, woran sich Übungen für den Geist und Atem anschließen, um im richtigen Augenblick konzentriert bei sich bleiben zu können.

Entwickler und Erfinder

Unter den Akteuren gibt es jene, welche die Wissenschaft nutzen, um den Kampf gegen Vampire und Werwesen voranzutreiben. Einige forschen in übernatürlichen Disziplinen wie der Zauberei und Alchimie, wo sie Sprüche abwandeln und neue Elixiere testen. Vertreter der Kirchen gehören ebenso zu der Gruppe. Sie möchten verschollene Liturgien aufleben lassen und Synergien herstellen. Natürlich gibt es Handwerker und Meister, die sich dem Schmieden von Klingen verschreiben. Sie tüfteln an mechanischen Verbesserungen und sogar Automaten, welche uns in der Jagd beistehen sollen. Du erkennst diese Gruppe an großen Kisten und Koffern mit Messgeräten, Werkzeugen und Phiolen.

Prestigebedürftige

Niemand ist frei von Fehlern und so treffen manche Menschen falsche Entscheidungen, weshalb sie Universitäten verlassen und Bußquesten antreten müssen. Einige fühlen sich weniger wahrgenommen und werden für höhere Posten übersehen. Diese ziehen auf die Jagd, um ihr Ansehen zu polieren sowie Ruhm und Ehre zu gewinnen. Durch das eingegangene Risiko und ihre Siege hoffen sie darauf, sich für namhafte Ränge in Kirchen, Akademien und Politik zu qualifizieren. Du erkennst sie daran, dass sie ihre Taten wie einen Adelstitel vorstellen und wichtige Persönlichkeiten aufsuchen, um Empfehlungsschreiben zu erhalten. Dabei schießen auch manche über das Ziel hinaus und stellen sich als die Hauptperson einer großen Sage dar. Mitunter kommt es vor, dass sie wie ein Quacksalber Zähne von Vampiren und Werwölfen verkaufen und zum Teil sogar fälschen, um den eigenen Geldbeutel zu füllen.

X

Über nützliche Ausrüstung

Neben den eher spezifischen Hilfsmitteln aus Kapitel VII wie dem Spiegel stellen wir dir hier weitere Werkzeuge vor, welche wertvolle Dienste für die Jagd leisten. Diese nützen allgemein im Kampf gegen die Blutsauger und Werwesen. Meistens sind sie nur mit Beziehungen zu bekommen. Hierzu erinnere ich dich an die Personen aus Kapitel VI, welche du deswegen ebenfalls aufsuchen kannst. Dabei ist die Art der Mittel völlig unterschiedlich. Sei dir bewusst, dass Lebensräuber wie Werbeißer außergewöhnliche Fähigkeiten besitzen, sodass ein entsprechender Gegenstand nur deine Chancen im Sinne der Rondra ausgleicht. Bist du selbst nicht von Mada gesegnet, gibt es die Möglichkeit, einen der nachfolgenden Zauber mit dem *Applicatus* für kürzere oder mit dem *Arcanovi* für längere Zeit an ein Objekt zu binden.

Adjuvantien für Leib und Seele

Sicht im Dunkeln

Unsere Kontrahenten zeigen häufig erst unter dem Mond und Sternenhimmel ihr wahres Gesicht. Im Gegensatz zu den Sterblichen haben sie nachts keine Probleme, dich zu sehen, sodass du gut daran tust, diesen Nachteil auszugleichen. Eine Laterne bindet meist eine Hand und vor allem Öllampen können im Kampf eine Gefahr werden.

- **Bann der Dunkelheit – Götterwirken:** Geweihte des Götterfürsten rufen auf diese Weise das Sonnenlicht, um die

Finsternis zu vertreiben. Das bringt nicht nur Licht, sondern schadet auch den Blutsaugern, welche den Praiosfluch tragen.

- **Carlog – Pflanze, Alchimie:** Das Gewächs hat gelbe Blüten, ähnelt grob einer Narzisse und wächst an Meeren und Flüssen. Seine pure Einnahme verbessert das Sehen ohne Licht, wobei es hier verschiedene Varianten mit unterschiedlicher Wirkung gibt. Die Eulentränen träufelst du dir in die Augen, was zuerst – mutmaßlich wegen der Zutat Tollkirsche – ein wenig brennt, aber dann seinen Effekt zeigt. Eine andere Form ist die Katzenaugensalbe, welche man mit Ingredienzien herstellt und auf die Lider aufträgt, jedoch etwas toxisch ist. Deutlich einfacher ist hingegen die Carlog-Essenz, die letztlich nur die in Alkohol eingekochte Pflanze ist.

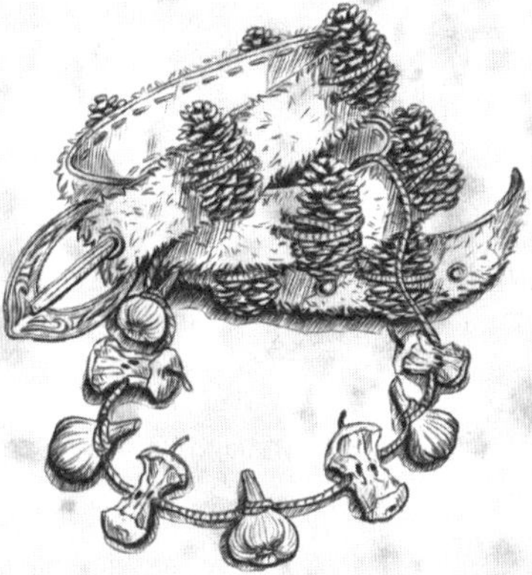

Übersicht über die Carlog-Spezialitäten

Zubereitung	Wirkung	Wirkungsdauer	Nachteil/Vorteil
Roher Stempel/Blüte	mittel	1 Stunde	schneller Verfall
Eulentränen	mittel bis stark	5 Minuten bis 2 Stunden	viele Zutaten
Katzenaugensalbe	mittel	30 Minuten bis mehrere Stunden	Suchtgefahr, Gift
Carlog-Essenz	mittel	10 Minuten	lange Haltbarkeit

—Auszug aus Eynmaleyns der Kreutherkunde, Erstausgabe, Festum, 1044 BF

- **Ewige Flamme – Magie, Zauberstab:** Gildenmagier können nicht nur ihre Kugel, sondern auch ihren Stab verzaubern, auf dass er gleich einer Fackel brennt.
- **Flim Flam – Magie, Zauberspruch:** Mittels Sternenkraft erschafft man eine schwebende Lichtkugel. Die Helligkeit ist von der Kompetenz des Zauberers abhängig.
- **Leuchtende Zeichen – Magie, Zauberzeichen:** Die sogenannten Arkanoglyphen sind eine besondere Form der Zauberei. Dabei zeichnet oder graviert man gezielte Symbole auf einen Gegenstand und lässt seine Kraft einfließen. Diese Sigille leuchtet etwa wie ein guter *Flim Flam*.

- **Phosphorpilz – Pflanze, Alchimie:** Neben dem Carlog gibt es den Phosphorpilz, der unterderisch wächst. Nach dem Pflücken strahlt er vielleicht eine halbe Stunde lang, was sich mit regelmäßigem Befeuchten des Fruchtkörpers verlängern lässt. Ein Alchimist kann mit weiteren Zutaten das Kalte Licht herstellen, das wie eine Fackel mindestens die doppelte Dauer Licht spendet.
- **Sonnenlicht-Elixier – Götterwirken, Alchimie:** Kundige Praiosdiener vermögen es, die Strahlen des Götterfürsten in einen Trank zu binden. Das Licht brennt zwar nur kurz, wird aber bei kundigen Braumeistern so hell wie ein Lagerfeuer oder Kronleuchter und verletzt gleichzeitig einen Vampir, meistens zumindest.

Stärker, schneller und leichter

- **Armatrutz – Magie, Zauberspruch:** Mit diesem Cantus erhält der Zauberer eine unsichtbare Rüstung. Nur absolute Meister können diese auch ihren Gefährten schenken.
- **Atmonbrei – Pflanze:** Das grasähnliche Gewächs bevorzugt karge Steppen an den Rändern der Wüste oder die Berge des Raschtulswalls und Khoramgebirges. Ist das Einkochen mit einer Fettkomponente beendet, entsteht eine Paste, welche dir nach dem Auftragen körperliche Anstrengungen erleichtert. Achte aber auf eine ausreichende Pause zwischen den Anwendungen, sonst fällt dir beim zweiten Mal alles schwerer.
- **Axxeleratus – Magie, Zauberspruch:** Die Sternenkraft macht den Zauberer oder einen seiner Freunde so schnell

wie eine Raubkatze, was dein Kampfgegner ebenfalls bemerken wird.

- **Blutlocktrank – Alchimie:** Es heißt, dass jemand ein Alchimikum entwickelt hat, welches das Blut längere Zeit nicht gerinnen lässt. Zusätzlich soll es Vampire besonders anlocken.
- **Psychostabilis – Magie, Zauberspruch:** Der Geist des Nutznießers ist mit diesem Zauber stärker gegen Beherrschungsmagie gefeit.
- **Springendes Trankfläschchen – Magie, Zauberspruch:** Auf dieser Phiole liegt das Ritual namens *Animatio*, welches mindestens 3 Tage und bis knapp über zwei Wochen wirken kann. Nach einem akustischen Signal wie ein bestimmtes Pfeifen kann es sich aus einer lockeren Gürtelhalterung selbst entkorken und an deinen Mund springen. Sicherlich muss man diese Prozedur ein wenig üben, um den Inhalt nicht zu verschütten, aber so kannst du einen Heil- beziehungsweise Zaubertrank sogar im Kampf einsetzen.
- **Zeichen der Leichtigkeit – Magie, Zauberzeichen:** Durch diese magischen Sigillen kann eine volle Kiste oder der Rucksack fast gewichtslos werden.
- **Unverwundbarkeitselixier – Alchimie:** Für 1 Stunde erhältst du dank des Tranks eine magische Rüstung, ähnlich dem Zauber *Armatrutz*.

Kampf und Schutz

- **Bann- und Schutzkreis gegen Vampire – Magie, Zauberzeichen:** Vor allem sind die verschiedenen Varianten bezüglich der Dämonen bekannt. Nekromanten beherrschen solche Sigillen aber auch wider die hirnlosen Untoten. Inzwischen können magisch begabte Personen in einigen Lehrstätten neue Arkanoglyphen zum Bannen von Blutsaugern erlernen. Das Abwandeln zu Werwesen scheint allerdings noch nicht gelungen zu sein.
- **Blendstrahl – Götterwirken:** Praiosanhänger sind in der Lage, ihre Feinde im Kampf zu blenden. Dies vermag Vampire sogar härter als andere Gegner zu treffen.
- **Blendung des Gezüchts – Götterwirken:** Eine stärkere Form als der erwähnte Blendstrahl lässt sich gegen widernatürliche Wesen richten, was nach unseren Quellen mehr Zeit benötigt, aber dafür eine deutliche längere Wirkung mit sich bringt.
- **Fallensiegel – Magie, Zauberzeichen:** Gelingt es dir, deinen Gegner in eine Zone mit zuvor aufgebrachtem Fallensiegel zu locken, entfesselt es machtvolle Elementarmagie, fast vergleichbar mit einem IGNIFAXIUS.
- **Geweihte Waffen – Götterwirken:** In früheren Kapiteln haben wir bereits über geweihte Klingen und Balsame gesprochen. Üblicherweise hat dies nur eine Auswirkung, wenn der Blutsauger den passenden Fluch trägt. Eine Ausnahme scheint der Segen des Herrn Boron zu sein, da Vampire zu den Unlebenden gehören. Daher ist es empfehlenswert, diese Variante zu nutzen, sofern du darauf Zugriff hast.

- **Klinge wider Wesenheit – Magie, Bannschwert:** Ähnlich zur Kugel eines Gildenmagiers lässt sich auch die Waffe verzaubern, die man unter dem Namen Bannschwert kennt. Dieses kann der Besitzer sogar noch verbessern, indem er sich auf eine Kreaturenart wie Dämonen oder Untote festlegt.
- **Rachenputzer – Alchimie:** Aus der Khunchomer Magierakademie stammt diese Erfindung. Hiermit kann jede Person, die das Feuerspucken beherrscht, einen Feuerstrahl auf seinen Kontrahenten speien, der einem *Ignifaxius* in nichts nachsteht.

- **Talaschin – Pflanze, Alchimie:** Die Flechte aus dem Hohen Norden und den Wüsten zerstoßen Kräutersammler und reiben damit den Körper ein, um den eigenen Körpergeruch zu überdecken. Dies verhindert, dass Werwesen oder Vampire deine Fährte aufnehmen können.
- **Tarnmantel des Jägers:** Als Dank für das Vernichten eines Blutsaugers sind wir in Besitz von Umhängen gekommen, bei denen es sich um elfische Artefakte handelt. Auf ihnen liegt der Cantus SPURLOS, welcher deine Spuren sowie verräterische Gerüche gleichzeitig verschwinden lässt. Kontaktiere uns, falls du sie dringend benötigst!
- **Trank der Silberfläche – Alchimie:** Noch nicht lange ist der Gefrierungstrank in Magier- und Abenteurerkreisen im Umlauf, der eine bestimmte Fläche vereist. Dank unserer Forschungen haben wir eine Variante mit Quecksilber entwickeln können, die eine gewisse Zone versilbert. So kannst du Werwölfe fernhalten und ihnen schaden, falls den Lykanthropen eine Möglichkeit zum Rückzug fehlt.
- **Zauberklinge Geisterspeer – Magie, Zauberspruch:** Dieses Ritual macht eine Waffe magisch und weist Analogien zum Bannschwertzauber auf. Experten können vor dem Verzaubern eine bestimmte Kategorie der Wesen wie Untote in die Magie einflechten, für welche die gewählte Klinge gefährlicher als üblich ist.

Notizbogen des Jägers

Diese Hilfe ist für deinen Geist und soll die Erkenntnisse mit einem kurzen Blick zusammenfassen.

Zeit des Anschlags

Bei Tag ☐ Bei Nacht ☐

Mondphase

Neumond ☐ Sichelmond (ab-/zunehmend) ☐☐
Halbmond (erstes/letztes Viertel) ☐☐
Dreiviertelmond (ab-/zunehmend) ☐☐
Vollmond ☐

Wunden und Blutstatus

Unauffällige parallele Einstichstellen ☐ Risswunde ☐
Glatter Wundrand ☐ Klaffender, unregelmäßiger Wundrand ☐
Verringerte Menge an Blut im Opfer ☐
Falls ja:
Blutmenge unauffindbar ☐ Blutmenge verteilt/sichtbar ☐

Beißer oder Reißer

Gezielte Verletzung in wichtiges Blutgefäß ☐
Abdrücke von Reißzähnen ☐

Spuren vor Ort

Menschliche Fährte ☐ Tierspuren mit Krallen ☐
Keines von beiden ☐

Weitere Hinterlassenschaften des Täters

Hautspuren des Täters ☐ Fellreste ☐
Keines von beiden ☐
Sonstiges ☐: ______________________________

____

Aussehen laut Zeugen

Menschlich ☐ Tierisch ☐
Keines von beiden ☐
Anderes ☐: ______________________________

____

Mögliche Schwächen

Meidet Paraphernalia von

Praios	☐	Rondra	☐	Efferd	☐	Travia	☐
Boron	☐	Hesinde	☐	Firun	☐	Tsa	☐
Phex	☐	Peraine	☐	Ingerimm	☐	Rahja	☐
Aves	☐	Ifirn	☐	Kor	☐	Nandus	☐

Meidet Silber ☐
Anderes ☐: ______________________________

____

Hier magst du von eigener Hand ergänzen

XI

Der Sieg – aber nicht das Ende

Herzlichen Glückwunsch! Du hast alle Ratschläge dieser Aufzeichnungen beherzigt und es ist dir gelungen, eine Kreatur der Nacht zu bezwingen! Zumindest hoffentlich. Vielleicht bist du jetzt auch selbst eine von ihnen. Ist dem so, bleibt dir nur, für die Gnade der Götter zu beten und nach spezifischer Hilfe zu suchen. Falls nicht, ist es nun wichtig zu verstehen, dass der Tod des Wesens noch nicht das Ende deiner Arbeit als Jäger ist.

Der Körper der Kreatur

Beim Tod eines Vampirs lösen sich dessen leibliche Bestandteile, wie Haut und Fleisch, unter stinkendem Qualm auf, während die Knochen und der Schädel zunächst zurückbleiben. Letztere beginnen, zusehends zu verrotten und zu muffiger Asche zu zerfallen. Am Ende bleibt hier also nicht mehr als nur ein staubiges Häuflein von der blutsaugenden Bestie zurück. Zuvor abgeschlagenen Körperteilen oder herausgebrochenen Zähnen ergeht es ebenso: Diese gelten als begehrte Ingredienzien unter zwielichtigen Alchimisten Aventuriens, können jedoch nur existieren, wenn auch der Vampir noch am Leben ist. In den meisten Fällen, in denen diese also erwerbbar sind, handelt es sich um Fälschungen, welche man überteuert an Unwissende verkauft. Einzig das Blut der Kinder der Finsternis verbleibt in seinem normalen Zustand, sofern es vorher vergossen oder entnommen wurde – nicht aber, wenn es noch Teil des sterbenden Körpers ist. Werwesen hingegen verwandeln sich im Moment ihres Todes in ihre menschliche Gestalt zurück, genauso wie alle zuvor abgetrennten Extremitäten.

Borons letzte Gnade

Besinnen wir uns für einen Moment auf die Fakten. Dann erinnert sich jeder, dass die Bestien, die wir jagen, vor ihrer Verfluchung normale Menschen waren. Auch sie haben es verdient, würdig bestattet zu werden. Gerade für erschlagene Lykanthropen solltest du ein Grab bereiten, damit ihre Seelen Einzug in Borons Hallen erfahren können. Ich rate in allen Fällen dazu, hierbei einen Geweihten der Zwölfe, wenn nicht sogar des Rabengottes selbst, hinzuzuziehen. Aus Vorsichtsmaßnahmen heraus schlagen wir außerdem vor, den vorhergehenden Rat im Falle von Vampiren vollständig zu ignorieren und ihre Asche in alle Himmelsrichtungen zu verstreuen, auf dass der schreckliche Blutsauger nimmer wiederkehren mag!

Die Kunde vom Tod

Selbstverständlich ist es dann an der Zeit, die Hinterbliebenen der Kreatur, wie auch die trauernden Familienmitglieder und Freunde der Opfer über die Geschehnisse ins Bild zu setzen. Nicht selten kommt es vor, dass eine Mutter den Nachbarn statt einer Bestie verdächtigt, den Sohn ermordet zu haben, und oft kann man so weiteres Unglück verhindern. Bleib jedoch achtsam bei den Angehörigen des Verfluchten:

Nur zu gern mischt sich Ungläubigkeit und Misstrauen zu einer gefährlichen Situation für den Jäger. Denn es sieht doch gerade bei Werwesen meist einfach so aus, als wäre man der Mörder statt eines Heilsbringers. Damit kommen wir zum nächsten Abschnitt.

Vorsicht ist geboten

Jederzeit kann es passieren, dass andere den Jäger des Totschlages an der Person bezichtigen, die in der vergangenen Nacht noch als fleischreißende Bestie über die Dächer einer Stadt sprang. Und man kann es den Leuten nicht verdenken, bleibt doch nichts zurück, um das Gegenteil zu beweisen: nur Asche oder ein zerschlagener, menschlicher Leib. So ist es also von größter Wichtigkeit, Belege zu sammeln und vertrauenswürdige Personen, wie etwa den örtlichen Adel sowie die Geweihten der Zwölfe und ihrer Kinder über die Jagd zu informieren. In den meisten Ecken Aventuriens gilt in dubio contra reo, also die Schuldvermutung des Angeklagten. Und wir wollen nicht, dass du – nach deinem Gang durch die Niederhöllen, um eine Kreatur der Nacht zu bezwingen – am Galgen endest wie ein herkömmlicher Mordgeselle. Doch das ist noch nicht alles, vor dem du dich hüten solltest: Wo es einen Verfluchten gab, könnte es weitere von ihnen geben. Gerade bei der höchst ansteckenden Lykanthropie ist es nur allzu denkbar, dass das Werwesen ein Rudel gebildet hat und deutlich mehr im Argen liegt als das eine Monster, das du niederstrecken konntest. Bleibe stets wachsam, denn die Finsternis schläft nie.

Hier magst du von eigener Hand ergänzen

XII

Anregungen zur Ausgestaltung

Eins muss man sich in Aventurien klar machen: Das Wissen um Vampire ist mysteriös und geheimnisvoll. Die vorhandenen Informationen sind keinesfalls so katalogisiert und strukturiert wie beispielsweise bei den Dämonen, wo man zu vielen Wesenheiten genaue Details wie Hörner, besondere Zauber sowie Fähigkeiten findet. Zu den Kreaturen der Nacht tummeln sich neben Legenden wilde Zeugenaussagen und Thesen aus verschiedensten Zeiten. Eine bekannte Vampirplage begleitete Borbarads Rückkehr vor etwa 30 Jahren. Danach wurde es ruhiger um Blutsauger, auch wenn man vereinzelt in Abenteuern auf sie treffen konnte. Innerhalb der Schattenlande und Schwarztobrien rückten hingegen die Werwölfe ab und an in den Fokus, aber selbst das ist in Aventurien einige Zeit her und je nach Region auch noch recht weit entfernt. Im Hohen Norden kommen beide Exemplare aktuell zum Vorschein.

Dieses Buch fasst manche Erkenntnisse für Helden zusammen, die sich der Jagd verschreiben. Gleichzeitig wollen wir den Spielleitungen nicht alle Überraschungen und eigenen Ideen rauben. Also darf die Vielfalt unter den Blutsaugern mit ihren verschiedenen Herkünften und Schwächen in gewissem Maß unvorhersehbar bleiben, sodass selbst erfahrene Spieler rätseln und bangen, ob sie die richtige Vorbereitung getroffen haben, bevor ein Kampf beginnt. Dabei können zwar viele Vampire bösartig sein, sie müssen es aber nicht zwangsläufig. Die Anhänger des Namenlosen passen beispielsweise gut zum Horror, während ein Kind der Nacht sogar die Aktionen einer Gruppe unterstützen mag. Ähnliches trifft auf die Werwesen zu. Hier darf die Fantasie hinter dem Meisterschirm bestimmen, ob man es mit einem typischen Werwolf, -eber beziehungsweise -stier zu tun bekommt. Ein Lykanthrop ist in seinem hauptsächlichen Leben immer noch ein Mensch, pflegt Kontakte und hat Gefühle. So kann man auf eine tragische Figur, ein Monster sowie einen Helfer treffen. Dies führt oft zum moralischen Dilemma für jeden Verfolger, der sich die Frage stellen muss, was von seinen Informationen zutrifft oder zu den Märchen gehört.

Charakteristische Fähigkeiten

Insgesamt vereinen alle, die sich für einen Pfad als Jäger entscheiden, gleichzeitig ähnliche Aspekte in sich, auch wenn sie unterschiedliche Schwerpunkte setzen.

Meist beginnt man die Jagd als Ermittler, weil Menschen vermisst werden, unauffindbar oder tot sind. Hierzu gehört die Kunst, mit Zeugen zu sprechen, Betroffene zu beruhigen und sogar, beiden Geheimes zu entlocken. Dazu ist es hilfreich, andere zu durchschauen, wenn sie einen auf eine falsche Fährte locken wollen, und sie als Unterstützer zu gewinnen. Hier tun sich die kontaktfreudigen und gesellschaftlich angesehenen Helden hervor, die Sympathie wecken, ihren Stand spielen lassen und teilweise kokettieren.

Daneben bringen viele die Anlagen eines Forschers mit. In der Welt gibt es noch unentdeckte Geheimnisse zu manchen Blutsaugern und Lykanthropen, die auf das Entdecken warten. Eine gute Beobachtungsgabe hilft ebenso weiter: für das Mordopfer, den Tatort und andere Lokalitäten wie das Zimmer eines Verdächtigen. Akribie und Fleiß sind ebenfalls dienlich, wenn es um das Zusammentragen von Hinweisen, Aufzeichnungen und Aus-

schließen von potenziellen Tätern geht. Scharfe Augen und Ohren sind hier genauso wie Fährtenlesen und Kombinieren gefragt. Hat man viele Mosaiksteine zusammen, kommen die Talente eines Strategen zum Vorschein. Er wertet die bisherigen Ergebnisse aus und prüft die Rechtslage und vorhandenen Hilfsmittel. Das ist vor allem bei Schwächen der Vampire wichtig, wenn man nicht auf das falsche Pferd setzen oder etwas übersehen möchte. Zuweilen will man dem Monstrum sogar eine konkrete Falle stellen und Unvorhergesehenes ausschließen.
Die Auseinandersetzung ist häufig das große Finale. Hier zeigt sich, ob die Planungen Bestand haben und man anderweitig kreativ werden muss. Die Kämpfer spüren das zügig am eigenen Leib, wenn die zuvor gewählten Waffen wie durch Butter schneiden oder stattdessen wie von einer Felswand abprallen. Passende Klingen und Pfeile, schnelle Reaktionen sowie ein sicherer Hieb bieten dagegen gute Aussichten auf einen Sieg.

Tracht und Ausrüstung

Im Unterschied zu kirchlichen Orden oder vielen Gilden gibt es keine Uniform oder Kleiderordnung unter den Vampirjägern. Jeder wählt seine Garderobe nach den eigenen Vorlieben, wobei dies auch meist von der jeweiligen Profession abhängt. Magier tragen oft bequeme und kurze Roben, die auf Trompetenärmel und ausladendes Beinkleid verzichten, da es praktisch sein muss. Statt eines Huts nutzen viele die leichtere Kapuze, welche nicht fortwehen kann und gleichzeitig vor Regen bewahrt. Bei den Zauberstäben fällt die in der Regel integrierte Kugel ins Auge, die mit passender Magie vor Untoten schützt. Gelehrte und For-

scher sehen ihre Kleidung aus einer zweckdienlichen Perspektive. Häufig tragen sie Stiefel, Lederhosen und ein Wollhemd mit Weste, welche unter einem Mantel mit Ärmeln und Knöpfen verborgen sind. Haltevorrichtungen am Gürtel für Kohlestifte und Notizbücher sind keine Seltenheit. Dazu erkennt man runde Lederrollen für aufgerollte Karten und Depeschen.

Nahezu alle Streiter haben mehr als eine Waffe an der Seite. Üblich sind Schwert, Säbel oder Rapier neben einem Dolch oder Messer. Zuweilen sieht man auch Äxte und Hämmer, um den Blutsaugern einen Pflock ins Herz zu schlagen. Für Fremde mag der offensichtlich getragene Handspiegel samt Putztuch überraschend sein, der allerdings weniger der Eitelkeit, sondern dem Erkennen dient. Beim Rüstzeug gibt es unterschiedliche Ausrichtungen. Einige Kämpfer setzen bewusst auf einen dicken Panzer wie durch Kettenhemden und Plattentorso, verlieren dadurch aber an Geschwindigkeit. Andere Recken wählen Ledertorso und Brigantina, um gegenüber den Kontrahenten nicht zu langsam zu sein. Auffällig ist auch ein kräftiger und hoher Kragen, um den eigenen Hals zu bedecken und dem Vampir den Angriff zu erschweren.

Bei der Ausrüstung fällt vielen ein Kompromiss schwer, denn nur selten lässt sich frühzeitig sagen, was gerade nicht gebraucht wird. Deshalb sind große Kisten und bis zum Rand gestopfte Rucksäcke fast schon die Norm. Volle Umhängetaschen, Koffer und Talismane komplettieren das Gepäck, das aber nun zu tragen ist. Aus diesem Grund kommen oft Karren oder Packpferde ins Spiel, die sich der Last annehmen müssen.

Gemeinsame Questen

Ein Vampirjäger ist allzeit auf der Suche, was aber vielfältige Gründe haben kann. Denkbar sind Geschichten um Sichtungen von Blutsaugern und -reißern und der Weg zu einem interessanten Augenzeugen. Möglicherweise muss er auch die Botschaft vom Tod eines Verwandten an dessen Familie überbringen oder den nächsten Tempel aufsuchen, um dort zwecks Hilfe vorzusprechen. Die Anzahl der feindlichen Kreaturen ist prinzipiell klein und das Leben selten kostenfrei. Daher nehmen viele Jäger gern weitere Aufträge an, die einen guten Lohn und attraktive Kontakte versprechen. Zuweilen muss jemand eine ausgefallene Zutat besorgen, weil nur damit der fehlende Trank aus dem Vampirjägerkoffer herstellbar wird. Leihgaben und Artefakte sind überdies teuer, sodass Kirchen oder Verbündete unter Umständen passende Gegenleistungen verlangen.
Handelt es sich um einen Magier, braucht er eventuell Mitstreiter im Kampf gegen einen finsteren Blutsauger. Profane Personen sind vielleicht auf der Suche nach Kundigen aus den Gebieten des Rechts, der Zauberei und Wildnis, um weitere Details zu erfahren und eine Strategie zu entwickeln. Auf diese Weise ist es vorstellbar, dass ein Vampirjäger andere Helden anheuert und um Hilfe sucht.

Dies bietet sich an, wenn Teile der Heldengruppe über Kontakte, Legenden oder Fähigkeiten verfügen, die für den Vampirexperten nützlich sind. So kann sich ein gegenseitiger Respekt entwickeln, der zu weiteren gemeinsamen Heldentaten führt. Der Jäger sieht dann seine Reise zugleich als förderlich und frei an. Die Zeit mit den Gefährten bietet außerdem allerlei Gelegenheiten, denn automatisch ergeben sich Recherchen, Übungen im Kampf und sogar göttliche Questen. Idealerweise ist er mit seinen Kameraden bereits finsteren Kulten auf der Spur. So lassen sich Anhänger des Namenlosen und Jünger der Erzdämonin Belkelel passend einbinden. Folglich ist der Weg zu den klassischen Kindern der Finsternis oder Lamijanim sehr nah. Da extrem viele Kulturen Werwesen und Vampire kennen, ist es recht leicht, eine geeignete Motivation für einen Jäger zu schaffen. Hier reicht bereits der Verdacht, dass eine Nachtkreatur der Übeltäter sein könnte und die Auftraggeber das Schlimmste ausschließen wollen.

Dementsprechend lassen sich Experten für Lebensräuber und Lykanthropen nahezu in ganz Aventurien finden. Im Norden untersuchen sie Sichtungen von Blutwölfen, weil jene die finstere Krankheit übertragen. Der Überlebende einer südlichen Karawane könnte berichten, dass immer mehr Mitreisende zu Tode kamen und völlig blutleer erschienen. Man möge sich auf den Zyklopeninseln im Westen einen Kult des Dreizehnten vorstellen, der nach einem lange vermissten Vampir sucht. An der Ostküste Thalusiens könnte ein Sterblicher für seinen Frevel von Satinav bestraft worden sein und als Blutsauger umhergehen.

Daher ist ein Vampirjäger grundsätzlich überall anzutreffen, wobei es in Metropolen und Städten wahrscheinlicher ist. An solchen Orten hat er eine etwas größere Chance, einen Auftrag zu finden oder seinem Handwerk nachzugehen. Man findet ihn auch dort, wo Menschen über Neuigkeiten berichten, wie in Gasthäusern und dem Markt. Alternativ sind Plätze geeignet, an denen der Jäger sein Wissen und seine Ausrüstung aufbessert: eine Bibliothek und Handelsstände. Gibt es einen plötzlichen Todesfall oder ein ungeklärtes Verschwinden, wird er ebenfalls schnell zur Stelle sein.

Allerlei Rockfarben

Das Vademecum hat bereits denkbare Ansichten und Schwerpunkte für Jäger vorgestellt. Hier folgen Beispiele mit Angaben zu den erwähnten Typen in Kapitel IX, die inspirieren und helfen können, deine eigene Version zu entwickeln:

- **Die Alchimistin:** Sie braut Heil- und Zaubertränke für die Kämpfer und Magier. Daneben führt die Handwerkerin eine umfangreiche Zutatenliste, welche sogar göttergefällige Pflanzen und Edelsteine beinhaltet. In ihren Notizen steht das Rezept einer Silberpaste, falls man auf Werwölfe trifft. Meist gehört sie zum Typ Entwickler und Erfinder.
- **Der Anatom:** Bei Bisswunden eines Opfers holt er seine große Lupe heraus und untersucht ausgiebig dessen Verletzungen, um mehr zum Angreifer sagen zu können. Sind die Helden verletzt, kann der Fachmann sie bestens versorgen. Gleichzeitig kann er ein Blutlinienforscher sein, der die Herkunft des Übeltäters erforscht.
- **Die Büßerin:** In ihrem früheren Leben hat sich die Frau auf falschen Pfaden verirrt, um darüber den rechten Weg

zu finden. Diese Schuld will die Prestigebedürftige über die Jagd nach den unnatürlichen Monstren mildern. Vor allem verehrt sie Gottheiten, die nicht direkt mit dem Kampf verbunden sind, wie Tsa, Peraine oder Travia.

- **Der Draconiter:** Als Diener der Hesinde hat sich der Rechtschaffene zur Aufgabe gemacht, unbekannte Geheimnisse zu ergründen und Feinde der Zwölfe zu bekämpfen. Das Auffinden eines versteckten Vampirs oder Werwolfs sieht er als Rätsel. Beim Lösen helfen ihm sein Wissen zu Sagen, Göttern und den Rechtsgebieten.
- **Die Eulenhexe:** Die Schwester Satuarias will alle unnatürlichen Kreaturen von der Welt tilgen. Gegen die übermächtigen Gegner wie Blutsauger und Lykanthropen tritt sie als Streiterin für ihre Göttin in einem Wettkampf an. Daher trainiert sie täglich, um ihre Bestimmung zu erfüllen.
- **Der Golgarit:** Der Geweihte dient dem Totengott und führt seinen Rabenschnabel bevorzugt gegen jene, die sich dem Tod widersetzen. Durch sein Wirken vermag er die Unlebendigen zu schwächen. Weiterhin kümmert sich der Rechtschaffene um die Opfer und spricht mit ihren Angehörigen.
- **Die Graumagierin:** Als magische Expertin – beispielsweise für Verwandlung, Elementarismus oder Kampf – betrachtet sie die Jagd aus wissenschaftlicher Perspektive. Die Entwicklerin sucht dabei auch nach kreativen Möglichkeiten, ihre Zauber gegen die Kreaturen einzusetzen.
- **Der Heiler:** Ähnlich wie der Anatom will er den Menschen mit seinen Fähigkeiten helfen. Seine Kenntnisse über die

Kräuter nutzt der Rechtschaffene nicht nur für die Genesung der Jäger, sondern auch um ihnen zeitweise Sicht in der Dunkelheit oder mehr Kraft zu schenken.

- **Die Heraldikerin:** Die Blutlinienforscherin kann sich stundenlang in Ahnentafeln und Stammbäume vertiefen. Deswegen fallen ihr unplausible Angaben zu Nachkommen und Erben wie keiner anderen auf. Beim korrekten Titel von Adeligen hilft ihr Wissen ebenfalls weiter.
- **Der Illusionist:** Da Werwesen und Vampire eine alltägliche Maske aufsetzen müssen, zieht es den magischen Streiter auf die Jagd. Er beherrscht neben der Magie auch den Umgang mit Menschen. Daher kann der Zauberer mit ausreichend Informationen hinter die Fassade blicken.
- **Die Inquisitorin:** Es gehört zu ihren Aufgaben, Verstöße gegen die göttliche Ordnung zu ahnden. Leider fühlt sie sich bisher in der Kirche des Götterfürsten übersehen und nicht hinreichend gewürdigt. Daher hat sich die Geweihte dem Spezialgebiet der finsteren Kreaturen verschrieben, auf dem die Geltungssüchtige nahezu allein glänzen kann.
- **Der Krieger:** Seinen ersten Kontakt mit einem Werwolf hat der Kämpfer in den tobrischen Schlachten der Schattenlande erlebt, wo die Bestie mehrere Freunde verletzte und tötete. Seitdem bekämpft der Rechtschaffene die Mondwandler mit aller Inbrunst und in Gedenken an seine Kumpanen.
- **Die Lehrerin:** Ihr Wissen der vorhandenen Quellen nutzt die Gelehrte, um die Aussagen von Zeugen abzugleichen oder in das Reich der Fabeln zu verorten. Sie will als

Streiterin der Erkenntnis die Welt ein Stück besser machen. Ferner hat sie göttergefällige Gegenstände und die nächsten Tempel im Blick, wo man um Hilfe bitten könnte.

- **Der Mehrer der Macht:** Der Druide hat sich in den Kopf gesetzt, übernatürliche Wesenheiten zu beherrschen und dadurch ihre genauen Schwächen zu erkunden. Zudem forscht er an der Lykanthropie, um die Krankheit mit dem gildenmagischen Zauber LEIDENSBUND auf Freiwillige zu übertragen.
- **Die Noionitin:** Die Seelenheilerin kümmert sich um Überlebende eines Angriffs und die psychischen Wunden. Zugleich nutzt die Rechtschaffene beruhigende Kräuter, um die Erinnerungen ihrer Patienten hervorzuholen, damit sie den Jägern bei ihrer Suche helfen.
- **Der Praiosgeweihte:** Der Jünger des Götterfürsten ist Mitglied im Orden des Heiligen Hüters, dem er als wandernder Archivar dient. Als Blutlinienforscher sieht er seine Aufgabe darin, die Angaben zu finsteren Wesenheiten von Personen zu sammeln und nur an diejenigen weiterzugeben, die stark genug sind, um damit umzugehen.
- **Die Schlangenhexe:** Ihre Neugier hat die Schwester des Wissens auf das Gebiet der Vampire und Werwesen geführt. Dafür trägt sie die Inhalte aus vielen Quellen zusammen und kategorisiert sie nach Relevanz. Sie befasst sich vor allem mit dem Zauber HEXENHOLZ in der Variante Hexengeschoss, den sie gegen Blutsauger einsetzt.

- **Der Schriftsteller:** Für seinen Roman hat sich der Literat die Liebe eines Werwolfs ausgesucht und recherchiert hierfür hautnah. Auf der Suche nach literarischem Ruhm möchte er durch wahre oder tatsachenbasierte Geschichten beeindrucken und seinen eigenen Ruhm mehren.
- **Die Schwanenritterin:** Vampire sieht die Kämpferin als finstere Boten der Kalten Braut, der Gefährtin des Namenlosen. Da diese Ifirns Prinzipien von Hilfe durch den Raub der Lebensessenz konträr entgegenstehen, verfolgt die Rechtschaffene die Kreaturen der Nacht mit all ihren Möglichkeiten.
- **Der Schwarzmagier:** Der Nekromant wurde als Experte für Untote angeheuert, um Blutsauger in einem Mordfall auszuschließen. Gleichzeitig will der Entwickler die erlernten Kenntnisse zum Bann- und Schutzkreis gegen Vampire erstmals in der Praxis anwenden.
- **Die Süchtige:** Seit Jahren spürt die Jägerin Nachtkreaturen in verschiedenen Landstrichen auf. Zum Durchhalten in den gefährlichen Nächten hat die Streiterin vor Längerem mit dem Aufputschmittel angefangen, von dem sie inzwischen abhängig ist.
- **Der Weißmagier:** Der Heilzauberer hat in seinem Studium die Behandlung der Lykanthropie erlernt und sucht nach praktischer Erfahrung. Auf Basis des Roten Drachenschlunds will der kreative Kopf eine bessere Methode entwickeln, um bereits Verwandelte von ihrer Krankheit befreien zu können.

Hier magst du von eigener Hand ergänzen

XIII

Vakatseiten

Fülle diese Seiten mit eigenem Wissen
zu blutsaugendem und formwandelndem Gezücht